CW00950733

COLLECTION FOLIO

Albert Camus

Noces

suivi de

L'été

Gallimard

Noces

NOTE DE L'ÉDITEUR

Réimprimés aujourd'hui, ces premiers essais ont été écrits en 1936 et 1937, puis édités à petit nombre d'exemplaires en 1938, à Alger. Cette nouvelle édition les reproduit sans modifications, bien que leur auteur n'ait pas cessé de les considérer comme des essais, au sens exact et limité du terme.

Le bourreau étrangla le cardinal Carrafa avec un cordon de soie qui se rompit : il fallut y revenir deux fois. Le cardinal regarda le bourreau sans daigner prononcer un mot.

Stendhal,
La Duchesse de Palliano.

NOCES A TIPASA

Au printemps, Tipasa est habitée par les dieux et les dieux parlent dans le soleil et l'odeur des absinthes, la mer cuirassée d'argent, le ciel bleu écru, les ruines couvertes de fleurs et la lumière à gros bouillons dans les amas de pierres. A certaines heures, la campagne est noire de soleil. Les yeux tentent vainement de saisir autre chose que des gouttes de lumière et de couleurs qui tremblent au bord des cils. L'odeur volumineuse des plantes aromatiques racle la gorge et suffoque dans la chaleur énorme. A peine, au fond du paysage, puis-je voir la masse noire du Chenoua qui prend racine dans les collines autour du village, et s'ébranle d'un rythme sûr et pesant pour aller s'accroupir dans la mer.

Nous arrivons par le village qui s'ouvre déjà sur la baie. Nous entrons dans un monde jaune et bleu où nous accueille le soupir odorant et âcre de la terre d'été en Algérie. Partout, des bougainvillées rosat dépassent les murs des

villas; dans les jardins, des hibiscus au rouge
encore pâle, une profusion de roses thé épaisses
comme de la crème et de délicates bordures de
longs iris bleus. Toutes les pierres sont chaudes.
A l'heure où nous descendons de l'autobus
couleur de bouton d'or, les bouchers dans leurs
voitures rouges font leur tournée matinale et
les sonneries de leurs trompettes appellent les
habitants.

A gauche du port, un escalier de pierres sèches
mène aux ruines, parmi les lentisques et les
genêts. Le chemin passe devant un petit phare
pour plonger ensuite en pleine campagne. Déjà,
au pied de ce phare, de grosses plantes grasses
aux fleurs violettes, jaunes et rouges, descendent
vers les premiers rochers que la mer suce avec
un bruit de baisers. Debout dans le vent léger,
sous le soleil qui nous chauffe un seul côté du
visage, nous regardons la lumière descendre du
ciel, la mer sans une ride, et le sourire de ses
dents éclatantes. Avant d'entrer dans le royaume
des ruines, pour la dernière fois nous sommes
spectateurs.

Au bout de quelques pas, les absinthes nous
prennent à la gorge. Leur laine grise couvre les
ruines à perte de vue. Leur essence fermente sous
la chaleur, et de la terre au soleil monte sur
toute l'étendue du monde un alcool généreux qui

fait vaciller le ciel. Nous marchons à la rencontre
de l'amour et du désir. Nous ne cherchons pas
de leçons, ni l'amère philosophie qu'on demande
à la grandeur. Hors du soleil, des baisers et des
parfums sauvages, tout nous paraît futile. Pour
moi, je ne cherche pas à y être seul. J'y suis
souvent allé avec ceux que j'aimais et je lisais
sur leurs traits le clair sourire qu'y prenait le
visage de l'amour. Ici, je laisse à d'autres l'ordre
et la mesure. C'est le grand libertinage de la
nature et de la mer qui m'accapare tout entier.
Dans ce mariage des ruines et du printemps, les
ruines sont redevenues pierres, et perdant le poli
imposé par l'homme, sont rentrées dans la
nature. Pour le retour de ces filles prodigues,
la nature a prodigué les fleurs. Entre les dalles
du forum, l'héliotrope pousse sa tête ronde et
blanche, et les géraniums rouges versent leur
sang sur ce qui fut maisons, temples et places
publiques. Comme ces hommes que beaucoup
de science ramène à Dieu, beaucoup d'années
ont ramené les ruines à la maison de leur mère.
Aujourd'hui enfin leur passé les quitte, et rien
ne les distrait de cette force profonde qui les
ramène au centre des choses qui tombent.

Que d'heures passées à écraser les absinthes,
à caresser les ruines, à tenter d'accorder ma
respiration aux soupirs tumultueux du monde!

Enfoncé parmi les odeurs sauvages et les concerts
d'insectes somnolents, j'ouvre les yeux et mon
cœur à la grandeur insoutenable de ce ciel
gorgé de chaleur. Ce n'est pas si facile de devenir
ce qu'on est, de retrouver sa mesure profonde.
Mais à regarder l'échine solide du Chenoua,
mon cœur se calmait d'une étrange certitude.
J'apprenais à respirer, je m'intégrais et je
m'accomplissais. Je gravissais l'un après l'autre
des coteaux dont chacun me réservait une
récompense, comme ce temple dont les colonnes
mesurent la course du soleil et d'où l'on voit
le village entier, ses murs blancs et roses et ses
vérandas vertes. Comme aussi cette basilique
sur la colline Est : elle a gardé ses murs et
dans un grand rayon autour d'elle s'alignent
des sarcophages exhumés, pour la plupart à
peine issus de la terre dont ils participent
encore. Ils ont contenu des morts; pour le
moment il y pousse des sauges et des ravenelles.
La basilique Sainte-Salsa est chrétienne, mais
chaque fois qu'on regarde par une ouverture,
c'est la mélodie du monde qui parvient jusqu'à
nous : coteaux plantés de pins et de cyprès,
ou bien la mer qui roule ses chiens blancs à
une vingtaine de mètres. La colline qui supporte
Sainte-Salsa est plate à son sommet et le vent
souffle plus largement à travers les portiques.

Sous le soleil du matin, un grand bonheur se balance dans l'espace.

Bien pauvres sont ceux qui ont besoin de mythes. Ici les dieux servent de lits ou de repères dans la course des journées. Je décris et je dis : « Voici qui est rouge, qui est bleu, qui est vert. Ceci est la mer, la montagne, les fleurs. » Et qu'ai-je besoin de parler de Dionysos pour dire que j'aime écraser les boules de lentisques sous mon nez? Est-il même à Déméter ce vieil hymne à quoi plus tard je songerai sans contrainte : « Heureux celui des vivants sur la terre qui a vu ces choses. » Voir, et voir sur cette terre, comment oublier la leçon? Aux mystères d'Éleusis, il suffisait de contempler. Ici même, je sais que jamais je ne m'approcherai assez du monde. Il me faut être nu et puis plonger dans la mer, encore tout parfumé des essences de la terre, laver celles-ci dans celle-là, et nouer sur ma peau l'étreinte pour laquelle soupirent lèvres à lèvres depuis si longtemps la terre et la mer. Entré dans l'eau, c'est le saisissement, la montée d'une glu froide et opaque, puis le plongeon dans le bourdonnement des oreilles, le nez coulant et la bouche amère — la nage, les bras vernis d'eau sortis de la mer pour se dorer dans le soleil et rabattus dans une torsion de tous les muscles; la course de l'eau

sur mon corps, cette possession tumultueuse de
l'onde par mes jambes — et l'absence d'horizon.
Sur le rivage, c'est la chute dans le sable, abandonné au monde, rentré dans ma pesanteur de
chair et d'os, abruti de soleil, avec, de loin en
loin, un regard pour mes bras où les flaques de
peau sèche découvrent, avec le glissement de
l'eau, le duvet blond et la poussière de sel.

Je comprends ici ce qu'on appelle gloire : le
droit d'aimer sans mesure. Il n'y a qu'un seul
amour dans ce monde. Étreindre un corps de
femme, c'est aussi retenir contre soi cette joie
étrange qui descend du ciel vers la mer. Tout
à l'heure, quand je me jetterai dans les absinthes
pour me faire entrer leur parfum dans le corps,
j'aurai conscience, contre tous les préjugés,
d'accomplir une vérité qui est celle du soleil et
sera aussi celle de ma mort. Dans un sens, c'est
bien ma vie que je joue ici, une vie à goût de
pierre chaude, pleine de soupirs de la mer et
des cigales qui commencent à chanter maintenant. La brise est fraîche et le ciel bleu. J'aime
cette vie avec abandon et veux en parler avec
liberté : elle me donne l'orgueil de ma condition
d'homme. Pourtant, on me l'a souvent dit :
il n'y a pas de quoi être fier. Si, il y a de quoi :
ce soleil, cette mer, mon cœur bondissant de
jeunesse, mon corps au goût de sel et l'immense

décor où la tendresse et la gloire se rencontrent
dans le jaune et le bleu. C'est à conquérir cela
qu'il me faut appliquer ma force et mes res-
sources. Tout ici me laisse intact, je n'abandonne
rien de moi-même, je ne revêts aucun masque :
il me suffit d'apprendre patiemment la difficile
science de vivre qui vaut bien tout leur savoir-
vivre.

Un peu avant midi, nous revenions par les
ruines vers un petit café au bord du port. La
tête retentissante des cymbales du soleil et des
couleurs, quelle fraîche bienvenue que celle de
la salle pleine d'ombre, du grand verre de menthe
verte et glacée! Au-dehors, c'est la mer et la
route ardente de poussière. Assis devant la table,
je tente de saisir entre mes cils battants l'éblouissement multicolore du ciel blanc de chaleur. Le
visage mouillé de sueur, mais le corps frais dans
la légère toile qui nous habille, nous étalons tous
l'heureuse lassitude d'un jour de noces avec le
monde.

On mange mal dans ce café, mais il y a beaucoup de fruits — surtout des pêches qu'on mange
en y mordant, de sorte que le jus en coule sur
le menton. Les dents refermées sur la pêche,
j'écoute les grands coups de mon sang monter
jusqu'aux oreilles, je regarde de tous mes yeux.
Sur la mer, c'est le silence énorme de midi.

Tout être beau a l'orgueil naturel de sa beauté et le monde aujourd'hui laisse son orgueil suinter de toutes parts. Devant lui, pourquoi nierais-je la joie de vivre, si je sais ne pas tout renfermer dans la joie de vivre? Il n'y a pas de honte à être heureux. Mais aujourd'hui l'imbécile est roi, et j'appelle imbécile celui qui a peur de jouir. On nous a tellement parlé de l'orgueil : vous savez, c'est le péché de Satan. Méfiance, criait-on, vous vous perdrez, et vos forces vives. Depuis, j'ai appris en effet qu'un certain orgueil... Mais à d'autres moments, je ne peux m'empêcher de revendiquer l'orgueil de vivre que le monde tout entier conspire à me donner. A Tipasa, je vois équivaut à je crois, et je ne m'obstine pas à nier ce que ma main peut toucher et mes lèvres caresser. Je n'éprouve pas le besoin d'en faire une œuvre d'art, mais de raconter ce qui est différent. Tipasa m'apparaît comme ces personnages qu'on décrit pour signifier indirectement un point de vue sur le monde. Comme eux, elle témoigne, et virilement. Elle est aujourd'hui mon personnage et il me semble qu'à le caresser et le décrire, mon ivresse n'aura plus de fin. Il y a un temps pour vivre et un temps pour témoigner de vivre. Il y a aussi un temps pour créer, ce qui est moins naturel. Il me suffit de vivre de tout mon corps et de témoigner de

tout mon cœur. Vivre Tipasa, témoigner et
l'œuvre d'art viendra ensuite. Il y a là une
liberté.

Jamais je ne restais plus d'une journée à
Tipasa. Il vient toujours un moment où l'on
a trop vu un paysage, de même qu'il faut
longtemps avant qu'on l'ait assez vu. Les montagnes, le ciel, la mer sont comme des visages
dont on découvre l'aridité ou la splendeur, à
force de regarder au lieu de voir. Mais tout
visage, pour être éloquent, doit subir un certain
renouvellement. Et l'on se plaint d'être trop
rapidement lassé quand il faudrait admirer que
le monde nous paraisse nouveau pour avoir été
seulement oublié.

Vers le soir, je regagnais une partie du parc
plus ordonnée, arrangée en jardin, au bord de
la route nationale. Au sortir du tumulte des
parfums et du soleil, dans l'air maintenant
rafraîchi par le soir, l'esprit s'y calmait, le corps
détendu goûtait le silence intérieur qui naît de
l'amour satisfait. Je m'étais assis sur un banc.
Je regardais la campagne s'arrondir avec le jour.
J'étais repu. Au-dessus de moi, un grenadier
laissait pendre les boutons de ses fleurs, clos et

côtelés comme de petits poings fermés qui contiendraient tout l'espoir du printemps. Il y avait du romarin derrière moi et j'en percevais seulement le parfum d'alcool. Des collines s'encadraient entre les arbres et, plus loin encore, un liséré de mer au-dessus duquel le ciel, comme une voile en panne, reposait de toute sa tendresse. J'avais au cœur une joie étrange, celle-là même qui naît d'une conscience tranquille. Il y a un sentiment que connaissent les acteurs lorsqu'ils ont conscience d'avoir bien rempli leur rôle, c'est-à-dire, au sens le plus précis, d'avoir fait coïncider leurs gestes et ceux du personnage idéal qu'ils incarnent, d'être entrés en quelque sorte dans un dessin fait à l'avance et qu'ils ont d'un coup fait vivre et battre avec leur propre cœur. C'était précisément cela que je ressentais : j'avais bien joué mon rôle. J'avais fait mon métier d'homme et d'avoir connu la joie tout un long jour ne me semblait pas une réussite exceptionnelle, mais l'accomplissement ému d'une condition qui, en certaines circonstances, nous fait un devoir d'être heureux. Nous retrouvons alors une solitude, mais cette fois dans la satisfaction.

Maintenant, les arbres s'étaient peuplés d'oiseaux. La terre soupirait lentement avant d'entrer dans l'ombre. Tout à l'heure, avec la première étoile, la nuit tombera sur la scène du monde. Les dieux éclatants du jour retourneront à leur mort quotidienne. Mais d'autres dieux viendront. Et pour être plus sombres, leurs faces ravagées seront nées cependant dans le cœur de la terre.

A présent du moins, l'incessante éclosion des vagues sur le sable me parvenait à travers tout un espace où dansait un pollen doré. Mer, campagne, silence, parfums de cette terre, je m'emplissais d'une vie odorante et je mordais dans le fruit déjà doré du monde, bouleversé de sentir son jus sucré et fort couler le long de mes lèvres. Non, ce n'était pas moi qui comptais, ni le monde, mais seulement l'accord et le silence qui de lui à moi faisait naître l'amour. Amour que je n'avais pas la faiblesse de revendiquer pour moi seul, conscient et orgueilleux de le partager avec toute une race, née du soleil et de la mer, vivante et savoureuse, qui puise sa grandeur dans sa simplicité et debout sur les plages, adresse son sourire complice au sourire éclatant de ses ciels.

LE VENT A DJÉMILA

Il est des lieux où meurt l'esprit pour que
naisse une vérité qui est sa négation même.
Lorsque je suis allé à Djémila, il y avait du
vent et du soleil, mais c'est une autre histoire.
Ce qu'il faut dire d'abord, c'est qu'il y régnait
un grand silence lourd et sans fêlure — quelque
chose comme l'équilibre d'une balance. Des cris
d'oiseaux, le son feutré de la flûte à trois trous,
un piétinement de chèvres, des rumeurs venues
du ciel, autant de bruits qui faisaient le silence
et la désolation de ces lieux. De loin en loin, un
claquement sec, un cri aigu, marquaient l'envòl
d'un oiseau tapi entre des pierres. Chaque chemin suivi, sentiers parmi les restes des maisons,
grandes rues dallées sous les colonnes luisantes,
forum immense entre l'arc de triomphe et le
temple sur une éminence, tout conduit aux
ravins qui bornent de toutes parts Djémila, jeu
de cartes ouvert sur un ciel sans limites. Et l'on
se trouve là, concentré, mis en face des pierres

et du silence, à mesure que le jour avance et que
les montagnes grandissent en devenant violettes.
Mais le vent souffle sur le plateau de Djémila.
Dans cette grande confusion du vent et du
soleil qui mêle aux ruines la lumière, quelque
chose se forge qui donne à l'homme la mesure
de son identité avec la solitude et le silence de
la ville morte.

Il faut beaucoup de temps pour aller à Djémila. Ce n'est pas une ville où l'on s'arrête et
que l'on dépasse. Elle ne mène nulle part et
n'ouvre sur aucun pays. C'est un lieu d'où l'on
revient. La ville morte est au terme d'une longue
route en lacet qui semble la promettre à chacun
de ses tournants et paraît d'autant plus longue.
Lorsque surgit enfin sur un plateau aux couleurs éteintes, enfoncé entre de hautes montagnes, son squelette jaunâtre comme une forêt
d'ossements, Djémila figure alors le symbole de
cette leçon d'amour et de patience qui peut seule
nous conduire au cœur battant du monde. Là,
parmi quelques arbres, de l'herbe sèche, elle se
défend de toutes ses montagnes et de toutes ses
pierres, contre l'admiration vulgaire, le pittoresque ou les jeux de l'espoir.

Dans cette splendeur aride, nous avions erré
toute la journée. Peu à peu, le vent à peine
senti au début de l'après-midi, semblait grandir

avec les heures et remplir tout le paysage. Il soufflait depuis une trouée entre les montagnes, loin vers l'est, accourait du fond de l'horizon et venait bondir en cascades parmi les pierres et le soleil. Sans arrêt, il sifflait avec force à travers les ruines, tournait dans un cirque de pierres et de terre, baignait les amas de blocs grêlés, entourait chaque colonne de son souffle et venait se répandre en cris incessants sur le forum qui s'ouvrait dans le ciel. Je me sentais claquer au vent comme une mâture. Creusé par le milieu, les yeux brûlés, les lèvres craquantes, ma peau se desséchait jusqu'à ne plus être mienne. Par elle, auparavant, je déchiffrais l'écriture du monde. Il y traçait les signes de sa tendresse ou de sa colère, la réchauffant de son souffle d'été ou la mordant de ses dents de givre. Mais si longuement frotté du vent, secoué depuis plus d'une heure, étourdi de résistance, je perdais conscience du dessin que traçait mon corps. Comme le galet verni par les marées, j'étais poli par le vent, usé jusqu'à l'âme. J'étais un peu de cette force selon laquelle je flottais, puis beaucoup, puis elle enfin, confondant les battements de mon sang et les grands coups sonores de ce cœur partout présent de la nature. Le vent me façonnait à l'image de l'ardente nudité qui m'entourait. Et sa fugitive étreinte me donnait,

pierre parmi les pierres, la solitude d'une colonne
ou d'un olivier dans le ciel d'été.

Ce bain violent de soleil et de vent épuisait
toutes mes forces de vie. A peine en moi ce battement d'ailes qui affleure, cette vie qui se plaint,
cette faible révolte de l'esprit. Bientôt, répandu
aux quatre coins du monde, oublieux, oublié de
moi-même, je suis ce vent et dans le vent, ces
colonnes et cet arc, ces dalles qui sentent chaud
et ces montagnes pâles autour de la ville déserte.
Et jamais je n'ai senti, si avant, à la fois mon
détachement de moi-même et ma présence au
monde.

Oui, je suis présent. Et ce qui me frappe à
ce moment, c'est que je ne peux aller plus loin.
Comme un homme emprisonné à perpétuité —
et tout lui est présent. Mais aussi comme un
homme qui sait que demain sera semblable et
tous les autres jours. Car pour un homme,
prendre conscience de son présent, c'est ne plus
rien attendre. S'il est des paysages qui sont des
états d'âme, ce sont les plus vulgaires. Et je suivais tout le long de ce pays quelque chose qui
n'était pas à moi, mais de lui, comme un goût
de la mort qui nous était commun. Entre les
colonnes aux ombres maintenant obliques, les
inquiétudes fondaient dans l'air comme des
oiseaux blessés. Et à leur place, cette lucidité

aride. L'inquiétude naît du cœur des vivants.
Mais le calme recouvrira ce cœur vivant : voici
toute ma clairvoyance. A mesure que la journée avançait, que les bruits et les lumières étouf-
faient sous les cendres qui descendaient du ciel,
abandonné de moi-même, je me sentais sans
défense contre les forces lentes qui en moi
disaient non.

Peu de gens comprennent qu'il y a un refus
qui n'a rien de commun avec le renoncement.
Que signifient ici les mots d'avenir, de mieux-
être, de situation? Que signifie le progrès du
cœur? Si je refuse obstinément tous les « plus
tard » du monde, c'est qu'il s'agit aussi bien de
ne pas renoncer à ma richesse présente. Il ne
me plaît pas de croire que la mort ouvre sur
une autre vie. Elle est pour moi une porte fer-
mée. Je ne dis pas que c'est un pas qu'il faut
franchir : mais que c'est une aventure horrible
et sale. Tout ce qu'on me propose s'efforce de
décharger l'homme du poids de sa propre vie.
Et devant le vol lourd des grands oiseaux dans
le ciel de Djémila, c'est justement un certain
poids de vie que je réclame et que j'obtiens.
Être entier dans cette passion passive et le reste
ne m'appartient plus. J'ai trop de jeunesse en
moi pour pouvoir parler de la mort. Mais il me
semble que si je le devais, c'est ici que je trou-

verais le mot exact qui dirait, entre l'horreur et
le silence, la certitude consciente d'une mort sans
espoir.

On vit avec quelques idées familières. Deux
ou trois. Au hasard des mondes et des hommes
rencontrés, on les polit, on les transforme. Il
faut dix ans pour avoir une idée bien à soi —
dont on puisse parler. Naturellement, c'est un
peu décourageant. Mais l'homme y gagne une
certaine familiarité avec le beau visage du
monde. Jusque-là, il le voyait face à face. Il
lui faut alors faire un pas de côté pour regarder son profil. Un homme jeune regarde le monde
face à face. Il n'a pas eu le temps de polir l'idée
de mort ou de néant dont pourtant il a mâché
l'horreur. Ce doit être cela la jeunesse, ce dur
tête-à-tête avec la mort, cette peur physique de
l'animal qui aime le soleil. Contrairement à ce
qui se dit, à cet égard du moins, la jeunesse
n'a pas d'illusions. Elle n'a eu ni le temps ni
la piété de s'en construire. Et je ne sais pourquoi, devant ce paysage raviné, devant ce cri
de pierre lugubre et solennel, Djémila, inhumaine dans la chute du soleil, devant cette mort
de l'espoir et des couleurs, j'étais sûr qu'arri-
vés à la fin d'une vie, les hommes dignes de ce
nom doivent retrouver ce tête-à-tête, renier les
quelques idées qui furent les leurs et recouvrer

l'innocence et la vérité qui luit dans le regard des hommes antiques en face de leur destin. Ils regagnent leur jeunesse, mais c'est en étreignant la mort. Rien de plus méprisable à cet égard que la maladie. C'est un remède contre la mort. Elle y prépare. Elle crée un apprentissage dont le premier stade est l'attendrissement sur soi-même. Elle appuie l'homme dans son grand effort qui est de se dérober à la certitude de mourir tout entier. Mais Djémila... et je sens bien alors que le vrai, le seul progrès de la civilisation, celui auquel de temps en temps un homme s'attache, c'est de créer des morts conscientes.

Ce qui m'étonne toujours alors que nous sommes si prompts à raffiner sur d'autres sujets, c'est la pauvreté de nos idées sur la mort. C'est bien ou c'est mal. J'en ai peur ou je l'appelle (qu'ils disent). Mais cela prouve aussi que tout ce qui est simple nous dépasse. Qu'est-ce que le bleu et que penser du bleu? C'est la même difficulté pour la mort. De la mort et des couleurs, nous ne savons pas discuter. Et pourtant, c'est bien l'important cet homme devant moi, lourd comme la terre, qui préfigure mon avenir. Mais puis-je y penser vraiment? Je me dis : je dois mourir, mais ceci ne veut rien dire, puisque je n'arrive pas à le croire et que je ne puis avoir que l'expérience de la mort des autres. J'ai vu

des gens mourir. Surtout, j'ai vu des chiens
mourir. C'est de les toucher qui me bouleversait.
Je pense alors : fleurs, sourires, désirs de femme,
et je comprends que toute mon horreur de mourir tient dans ma jalousie de vivre. Je suis jaloux
de ceux qui vivront et pour qui fleurs et désirs
de femme auront tout leur sens de chair et de
sang. Je suis envieux, parce que j'aime trop la
vie pour ne pas être égoïste. Que m'importe
l'éternité. On peut être là, couché un jour,
s'entendre dire : « Vous êtes fort et je vous dois
d'être sincère : je peux vous dire que vous allez
mourir »; être là, avec toute sa vie entre les
mains, toute sa peur aux entrailles et un regard
idiot. Que signifie le reste : des flots de sang
viennent battre à mes tempes et il me semble que
j'écraserais tout autour de moi.

Mais les hommes meurent malgré eux, malgré
leurs décors. On leur dit : « Quand tu seras
guéri... », et ils meurent. Je ne veux pas de cela.
Car s'il y a des jours où la nature ment, il y a
des jours où elle dit vrai. Djémila dit vrai ce
soir, et avec quelle tristesse et insistante beauté!
Pour moi, devant ce monde, je ne veux pas men-
tir ni qu'on me mente. Je veux porter ma lucidité jusqu'au bout et regarder ma fin avec toute
la profusion de ma jalousie et de mon horreur.
C'est dans la mesure où je me sépare du monde

que j'ai peur de la mort, dans la mesure où je m'attache au sort des hommes qui vivent, au lieu de contempler le ciel qui dure. Créer des morts conscientes, c'est diminuer la distance qui nous sépare du monde, et entrer sans joie dans l'accomplissement, conscient des images exaltantes d'un monde à jamais perdu. Et le chant triste des collines de Djémila m'enfonce plus avant dans l'âme l'amertume de cet enseignement.

Vers le soir, nous gravissions les pentes qui mènent au village et, revenus sur nos pas, nous écoutions des explications : « Ici se trouve la ville païenne; ce quartier qui se pousse hors des terres, c'est celui des chrétiens. Plus tard... » Oui, c'est vrai. Des hommes et des sociétés se sont succédé là; des conquérants ont marqué ce pays avec leur civilisation de sous-officiers. Ils se faisaient une idée basse et ridicule de la grandeur et mesuraient celle de leur Empire à la surface qu'il couvrait. Le miracle, c'est que les ruines de leur civilisation soient la négation même de leur idéal. Car cette ville squelette, vue de si haut dans le soir finissant et dans les vols blancs des pigeons autour de l'arc de triomphe, n'inscrivait pas sur le ciel les signes de la conquête et de l'ambition. Le monde finit toujours par vaincre l'histoire. Ce grand cri de pierre que Djémila jette entre les montagnes, le ciel et le silence, j'en sais bien la poésie : lucidité, indifférence, les vrais signes du désespoir ou de la beauté. Le cœur se serre devant cette grandeur que nous quittons déjà. Djémila reste derrière nous avec l'eau triste de son ciel, un chant d'oiseau qui vient de l'autre côté du plateau, de soudains et brefs ruissellements de chèvres sur les flancs des collines et, dans le crépuscule détendu et sonore, le visage vivant d'un dieu à cornes au fronton d'un autel.

L'ÉTÉ A ALGER

à Jacques Heurgon.

Ce sont souvent des amours secrètes, celles
qu'on partage avec une ville. Des cités comme
Paris, Prague, et même Florence sont refermées
sur elles-mêmes et limitent ainsi le monde qui
leur est propre. Mais Alger, et avec elle certains
milieux privilégiés comme les villes sur la mer,
s'ouvre dans le ciel comme une bouche ou une
blessure. Ce qu'on peut aimer à Alger, c'est ce
dont tout le monde vit : la mer au tournant de
chaque rue, un certain poids de soleil, la beauté
de la race. Et, comme toujours, dans cette
impudeur et cette offrande se retrouve un parfum plus secret. A Paris, on peut avoir la nostalgie d'espace et de battements d'ailes. Ici, du
moins, l'homme est comblé, et assuré de ses
désirs, il peut alors mesurer ses richesses.

Il faut sans doute vivre longtemps à Alger
pour comprendre ce que peut avoir de desséchant
un excès de biens naturels. Il n'y a rien ici pour

qui voudrait apprendre, s'éduquer ou devenir meilleur. Ce pays est sans leçons. Il ne promet ni ne fait entrevoir. Il se contente de donner, mais à profusion. Il est tout entier livré aux yeux et on le connaît dès l'instant où l'on en jouit. Ses plaisirs n'ont pas de remède, et ses joies restent sans espoir. Ce qu'il exige, ce sont des âmes clairvoyantes, c'est-à-dire sans consolation. Il demande qu'on fasse un acte de lucidité comme on fait un acte de foi. Singulier pays qui donne à l'homme qu'il nourrit à la fois sa splendeur et sa misère! La richesse sensuelle dont un homme sensible de ce pays est pourvu, il n'est pas étonnant qu'elle coïncide avec le dénuement le plus extrême. Il n'est pas une vérité qui ne porte avec elle son amertume. Comment s'étonner alors si le visage de ce pays, je ne l'aime jamais plus qu'au milieu de ses hommes les plus pauvres?

Les hommes trouvent ici pendant toute leur jeunesse une vie à la mesure de leur beauté. Et puis après, c'est la descente et l'oubli. Ils ont misé sur la chair, mais ils savaient qu'ils devaient perdre. A Alger, pour qui est jeune et vivant, tout est refuge et prétexte à triomphes : la baie, le soleil, les jeux en rouge et blanc des terrasses vers la mer, les fleurs et les stades, les filles aux jambes fraîches. Mais pour qui a perdu sa jeunesse, rien où s'accrocher et pas un lieu où la mélancolie puisse se sauver d'elle-même. Ailleurs, les terrasses d'Italie, les cloîtres d'Europe ou le dessin des collines provençales, autant de places où l'homme peut fuir son humanité et se délivrer avec douceur de lui-même. Mais tout ici exige la solitude et le sang des hommes jeunes. Goethe en mourant appelle la lumière et c'est un mot historique. A Belcourt et à Babel-Oued, les vieillards assis au fond des cafés écoutent les vantardises de jeunes gens à cheveux plaqués.

Ces commencements et ces fins, c'est l'été qui nous les livre à Alger. Pendant ces mois, la ville est désertée. Mais les pauvres restent et le ciel. Avec les premiers, nous descendons ensemble vers le port et les trésors de l'homme : tiédeur de l'eau et les corps bruns des femmes. Le soir, gorgés de ces richesses, ils retrouvent la toile cirée et la lampe à pétrole qui font tout le décor de leur vie.

A Alger, on ne dit pas « prendre un bain », mais « se taper un bain ». N'insistons pas. On se baigne dans le port et l'on va se reposer sur des bouées. Quand on passe près d'une bouée où se trouve déjà une jolie fille, on crie aux cama-

rades : « Je te dis que c'est une mouette. » Ce
sont là des joies saines. Il faut bien croire qu'elles
constituent l'idéal de ces jeunes gens puisque
la plupart continuent cette vie pendant l'hiver
et, tous les jours à midi, se mettent nus au soleil
pour un déjeuner frugal. Non qu'ils aient lu
les prêches ennuyeux des naturistes, ces pro-
testants de la chair (il y a une systématique du
corps qui est aussi exaspérante que celle de
l'esprit). Mais c'est qu'ils sont « bien au soleil ».
On ne mesurera jamais assez haut l'importance
de cette coutume pour notre époque. Pour la
première fois depuis deux mille ans, le corps a
été mis nu sur des plages. Depuis vingt siècles,
les hommes se sont attachés à rendre décentes
l'insolence et la naïveté grecques, à diminuer
la chair et compliquer l'habit. Aujourd'hui et
par-dessus cette histoire, la course des jeunes
gens sur les plages de la Méditerranée rejoint
les gestes magnifiques des athlètes de Délos. Et
à vivre ainsi près des corps et par le corps, on
s'aperçoit qu'il a ses nuances, sa vie et, pour
hasarder un non-sens, une psychologie, qui lui
est propre *. L'évolution du corps comme celle

* Puis-je me donner le ridicule de dire que je n'aime pas
la façon dont Gide exalte le corps? Il lui demande de retenir
son désir pour le rendre plus aigu. Ainsi se rapproche-t-il
de ceux que, dans l'argot des maisons publiques, on appelle
les compliqués ou les cérébraux. Le christianisme aussi veut

de l'esprit a son histoire, ses retours, ses progrès et son déficit. Cette nuance seulement : la couleur. Quand on va pendant l'été aux bains du port, on prend conscience d'un passage simultané de toutes les peaux du blanc au doré, puis au brun, et pour finir à une couleur tabac qui est à la limite extrême de l'effort de transformation dont le corps est capable. Le port est dominé par le jeu de cubes blancs de la Kasbah. Quand on est au niveau de l'eau, sur le fond blanc cru de la ville arabe, les corps déroulent une frise cuivrée. Et, à mesure qu'on avance dans le mois d'août et que le soleil grandit, le blanc des maisons se fait plus aveuglant et les peaux prennent une chaleur plus sombre. Comment alors ne pas s'identifier à ce dialogue de la pierre et de la chair à la mesure du soleil et des saisons? Toute la matinée s'est passée en plongeons, en floraisons de rires parmi des gerbes d'eau, en longs coups de pagaie autour des cargos rouges et noirs (ceux qui viennent de Norvège et qui ont tous les parfums du bois; ceux

---

suspendre le désir. Mais, plus naturel, il y voit une mortification. Mon camarade Vincent, qui est tonnelier et champion de brasse junior, a une vue des choses encore plus claire. Il boit quand il a soif, s'il désire une femme cherche à coucher avec, et l'épouserait s'il l'aimait (ça n'est pas encore arrivé). Ensuite, il dit toujours : « Ça va mieux » — ce qui résume avec vigueur l'apologie qu'on pourrait faire de la satiété.

qui arrivent d'Allemagne pleins de l'odeur des
huiles; ceux qui font la côte et sentent le vin
et le vieux tonneau). A l'heure où le soleil déborde
de tous les coins du ciel, le canoë orange chargé
de corps bruns nous ramène dans une course
folle. Et lorsque, le battement cadencé de la
double pagaie aux ailes couleur de fruit suspendu
brusquement, nous glissons longuement dans
l'eau calme de la darse, comment n'être pas sûr
que je mène à travers les eaux lisses une fauve
cargaison de dieux où je reconnais mes frères?

Mais à l'autre bout de la ville, l'été nous tend
déjà en contraste ses autres richesses : je veux
dire ses silences et son ennui. Ces silences n'ont
pas tous la même qualité, selon qu'ils naissent
de l'ombre ou du soleil. Il y a le silence de midi
sur la place du Gouvernement. A l'ombre des
arbres qui la bordent, des Arabes vendent pour
cinq sous des verres de citronnade glacée, par-
fumée à la fleur d'oranger. Leur appel : « Fraîche,
fraîche » traverse la place déserte. Après leur cri,
le silence retombe sous le soleil : dans la cruche
du marchand, la glace se retourne et j'entends
son petit bruit. Il y a le silence de la sieste.
Dans les rues de la Marine, devant les boutiques
crasseuses des coiffeurs, on peut le mesurer au
mélodieux bourdonnement des mouches derrière
les rideaux de roseaux creux. Ailleurs, dans les

cafés maures de la Kasbah, c'est le corps qui
est silencieux, qui ne peut s'arracher à ces lieux,
quitter le verre de thé et retrouver le temps
avec les bruits de son sang. Mais il y a surtout
le silence des soirs d'été.

Ces courts instants où la journée bascule dans
la nuit, faut-il qu'ils soient peuplés de signes et
d'appels secrets pour qu'Alger en moi leur soit
à ce point liée? Quand je suis quelque temps
loin de ce pays, j'imagine ses crépuscules comme
des promesses de bonheur. Sur les collines qui
dominent la ville, il y a des chemins parmi les
lentisques et les oliviers. Et c'est vers eux
qu'alors mon cœur se retourne. J'y vois monter des gerbes d'oiseaux noirs sur l'horizon vert.
Dans le ciel, soudain vidé de son soleil, quelque
chose se détend. Tout un petit peuple de nuages
rouges s'étire jusqu'à se résorber dans l'air.
Presque aussitôt après, la première étoile apparaît qu'on voyait se former et se durcir dans
l'épaisseur du ciel. Et puis, d'un coup, dévo-
rante, la nuit. Soirs fugitifs d'Alger, qu'ont-ils
donc d'inégalable pour délier tant de choses en
moi? Cette douceur qu'ils me laissent aux lèvres,
je n'ai pas le temps de m'en lasser qu'elle disparaît déjà dans la nuit. Est-ce le secret de sa
persistance? La tendresse de ce pays est bouleversante et furtive. Mais dans l'instant où elle

est là, le cœur du moins s'y abandonne tout
entier. A la plage Padovani, le dancing est
ouvert tous les jours. Et dans cette immense
boîte rectangulaire ouverte sur la mer dans toute
sa longueur, la jeunesse pauvre du quartier danse
jusqu'au soir. Souvent, j'attendais là une minute
singulière. Pendant la journée, la salle est pro-
tégée par desauvents de bois inclinés. Quand le
soleil a disparu, on les relève. Alors, la salle
s'emplit d'une étrange lumière verte, née du
double coquillage du ciel et de la mer. Quand
on est assis loin des fenêtres, on voit seulement
le ciel et, en ombres chinoises, les visages des
danseurs qui passent à tour de rôle. Quelquefois, c'est une valse qu'on joue et, sur le fond
vert, les profils noirs tournent alors avec obstination, comme ces silhouettes découpées qu'on
fixe sur le plateau d'un phonographe. La nuit
vient vite ensuite et, avec elle, les lumières. Mais
je ne saurais dire ce que je trouve de transpor-
tant et de secret à cet instant subtil. Je me souviens du moins d'une grande fille magnifique
qui avait dansé tout l'après-midi. Elle portait
un collier de jasmin sur sa robe bleue collante,
que la sueur mouillait depuis les reins jusqu'aux
jambes. Elle riait en dansant et renversait la
tête. Quand elle passait près des tables, elle laissait après elle une odeur mêlée de fleurs et de

chair. Le soir venu, je ne voyais plus son corps
collé contre son danseur, mais sur le ciel tour-
naient les taches alternées du jasmin blanc et
des cheveux noirs, et quand elle rejetait en
arrière sa gorge gonflée, j'entendais son rire et
voyais le profil de son danseur se pencher soudain. L'idée que je me fais de l'innocence, c'est
à des soirs semblables que je la dois. Et ces
êtres chargés de violence, j'apprends à ne plus
les séparer du ciel où leurs désirs tournoient.

Dans les cinémas de quartier, à Alger, on
vend quelquefois des pastilles de menthe qui
portent, gravé en rouge, tout ce qui est nécessaire à la naissance de l'amour : 1. des questions : « Quand m'épouserez-vous? »; « M'aimez-
vous? »; 2. des réponses : « A la folie »; « Au
printemps ». Après avoir préparé le terrain, on
les passe à sa voisine qui répond de même ou
se borne à faire la bête. A Belcourt, on a vu des
mariages se conclure ainsi et des vies entières
s'engager sur un échange de bonbons à la menthe.
Et ceci dépeint bien le peuple enfant de ce pays.
Le signe de la jeunesse, c'est peut-être une
vocation magnifique pour les bonheurs faciles.
Mais surtout, c'est une précipitation à vivre qui

touche au gaspillage. A Belcourt, comme à Bab-
el-Oued, on se marie jeune. On travaille très tôt
et on épuise en dix ans l'expérience d'une vie
d'homme. Un ouvrier de trente ans a déjà joué
toutes ses cartes. Il attend la fin entre sa femme
et ses enfants. Ses bonheurs ont été brusques et
sans merci. De même sa vie. Et l'on comprend
alors qu'il soit né de ce pays où tout est donné
pour être retiré. Dans cette abondance et cette
profusion, la vie prend la courbe des grandes
passions, soudaines, exigeantes, généreuses. Elle
n'est pas à construire, mais à brûler. Il ne s'agit
pas alors de réfléchir et de devenir meilleur. La
notion d'enfer, par exemple, n'est ici qu'une
aimable plaisanterie. De pareilles imaginations
ne sont permises qu'aux très vertueux. Et je
crois bien que la vertu est un mot sans signification dans toute l'Algérie. Non que ces hommes
manquent de principes. On a sa morale, et bien
particulière. On ne « manque » pas à sa mère.
On fait respecter sa femme dans les rues. On a
des égards pour la femme enceinte. On ne tombe
pas à deux sur un adversaire, parce que « ça
fait vilain ». Pour qui n'observe pas ces comman-
dements élémentaires, « il n'est pas un homme »,
et l'affaire est réglée. Ceci me paraît juste et
fort. Nous sommes encore beaucoup à observer
inconsciemment ce code de la rue, le seul désin-

téressé que je connaisse. Mais en même temps
la morale du boutiquier y est inconnue. J'ai
toujours vu autour de moi les visages s'apitoyer
sur le passage d'un homme encadré d'agents.
Et, avant de savoir si l'homme avait volé, était
parricide ou simplement non-conformiste : « Le
pauvre », disait-on, ou encore, avec une nuance
d'admiration : « Celui-là, c'est un pirate. »

Il y a des peuples nés pour l'orgueil et la vie.
Ce sont ceux qui nourrissent la plus singulière
vocation pour l'ennui. C'est aussi chez eux que
le sentiment de la mort est le plus repoussant.
Mise à part la joie des sens, les amusements de
ce peuple sont ineptes. Une société de boulomanes et les banquets des « amicales », le cinéma
à trois francs et les fêtes communales suffisent
depuis des années à la récréation des plus de
trente ans. Les dimanches d'Alger sont parmi les
plus sinistres. Comment ce peuple sans esprit
saurait-il alors habiller de mythes l'horreur profonde de sa vie? Tout ce qui touche à la mort
est ici ridicule ou odieux. Ce peuple sans religion et sans idoles meurt seul après avoir vécu
en foule. Je ne connais pas d'endroit plus hideux
que le cimetière du boulevard Bru, en face d'un
des plus beaux paysages du monde. Un amon-
cellement de mauvais goût parmi les entourages
noirs laisse monter une tristesse affreuse de ces

lieux où la mort découvre son vrai visage. « Tout passe, disent les ex-voto en forme de cœur, sauf le souvenir. » Et tous insistent sur cette éternité dérisoire que nous fournit à peu de frais le cœur de ceux qui nous aimèrent. Ce sont les mêmes phrases qui servent à tous les désespoirs. Elles s'adressent au mort et lui parlent à la deuxième personne : « Notre souvenir ne t'abandonnera pas », feinte sinistre par quoi on prête un corps et des désirs à ce qui au mieux est un liquide noir. Ailleurs, au milieu d'une abrutissante profusion de fleurs et d'oiseaux de marbre, ce vœu téméraire : « Jamais ta tombe ne restera sans fleurs. » Mais on est vite rassuré : l'inscription entoure un bouquet de stuc doré, bien économique pour le temps des vivants (comme ces immortelles qui doivent leur nom pompeux à la gratitude de ceux qui prennent encore leur tramway en marche). Comme il faut aller avec son siècle, on remplace quelquefois la fauvette classique par un ahurissant avion de perles, piloté par un ange niais que, sans souci de la logique, on a muni d'une magnifique paire d'ailes.

Comment faire comprendre pourtant que ces images de la mort ne se séparent jamais de la vie ? Les valeurs ici sont étroitement liées. La plaisanterie favorite des croque-morts algérois, lorsqu'ils roulent à vide, c'est de crier : « Tu

montes, chérie? » aux jolies filles qu'ils rencontrent sur la route. Rien n'empêche d'y voir
un symbole, même s'il est fâcheux. Il peut
paraître blasphématoire aussi de répondre à l'annonce d'un décès en clignant l'œil gauche : « Le
pauvre, il ne chantera plus », ou, comme cette
Oranaise qui n'avait jamais aimé son mari :
« Dieu me l'a donné, Dieu me l'a repris. » Mais
tout compte fait, je ne vois pas ce que la mort
peut avoir de sacré et je sens bien, au contraire,
la distance qu'il y a entre la peur et le respect.
Tout ici respire l'horreur de mourir dans un
pays qui invite à la vie. Et pourtant, c'est sous
les murs mêmes de ce cimetière que les jeunes
gens de Belcourt donnent leurs rendez-vous et
que les filles s'offrent aux baisers et aux caresses.

J'entends bien qu'un tel peuple ne peut être
accepté de tous. Ici, l'intelligence n'a pas de
place comme en Italie. Cette race est indifférente à l'esprit. Elle a le culte et l'admiration
du corps. Elle en tire sa force, son cynisme naïf *,
et une vanité puérile qui lui vaut d'être sévère-
ment jugée. On lui reproche communément sa
« mentalité », c'est-à-dire une façon de voir et
de vivre. Et il est vrai qu'une certaine intensité
de vie ne va pas sans injustice. Voici pourtant

* Voir note p. 50.

un peuple sans passé, sans tradition et cependant non sans poésie — mais d'une poésie dont je sais bien la qualité dure, charnelle, loin de la tendresse, celle même de leur ciel, la seule à la vérité qui m'émeuve et me rassemble. Le contraire d'un peuple civilisé, c'est un peuple créateur. Ces barbares qui se prélassent sur des plages, j'ai l'espoir insensé qu'à leur insu peut-être, ils sont en train de modeler le visage d'une culture où la grandeur de l'homme trouvera enfin son vrai visage. Ce peuple tout entier jeté dans son présent vit sans mythes, sans consolation. Il a mis tous ses biens sur cette terre et reste dès lors sans défense contre la mort. Les dons de la beauté physique lui ont été prodigués. Et avec eux, la singulière avidité qui accompagne toujours cette richesse sans avenir. Tout ce qu'on fait ici marque le dégoût de la stabilité et l'insouciance de l'avenir. On se dépêche de vivre et si un art devait y naître, il obéirait à cette haine de la durée qui poussa les Doriens à tailler dans le bois leur première colonne. Et pourtant, oui, on peut trouver une mesure en même temps qu'un dépassement dans le visage violent et acharné de ce peuple, dans ce ciel d'été vidé de tendresse, devant quoi toutes les vérités sont bonnes à dire et sur lequel aucune divinité trompeuse n'a tracé les

signes de l'espoir ou de la rédemption. Entre ce
ciel et ces visages tournés vers lui, rien où
accrocher une mythologie, une littérature, une
éthique ou une religion, mais des pierres, la
chair, des étoiles et ces vérités que la main peut
toucher.

Sentir ses liens avec une terre, son amour pour
quelques hommes, savoir qu'il est toujours un
lieu où le cœur trouvera son accord, voici déjà
beaucoup de certitudes pour une seule vie
d'homme. Et sans doute cela ne peut suffire.
Mais à cette patrie de l'âme tout aspire à certaines minutes. « Oui, c'est là-bas qu'il nous
faut retourner. » Cette union que souhaitait
Plotin, quoi d'étrange à la retrouver sur la
terre? L'Unité s'exprime ici en termes de soleil
et de mer. Elle est sensible au cœur par un
certain goût de chair qui fait son amertume
et sa grandeur. J'apprends qu'il n'est pas de
bonheur surhumain, pas d'éternité hors de la
courbe des journées. Ces biens dérisoires et
essentiels, ces vérités relatives sont les seules
qui m'émeuvent. Les autres, les « idéales », je
n'ai pas assez d'âme pour les comprendre. Non
qu'il faille faire la bête, mais je ne trouve pas

de sens au bonheur des anges. Je sais seulement
que ce ciel durera plus que moi. Et qu'appellerais-
je éternité sinon ce qui continuera après ma
mort? Je n'exprime pas ici une complaisance
de la créature dans sa condition. C'est bien
autre chose. Il n'est pas toujours facile d'être
un homme, moins encore d'être un homme pur.
Mais être pur, c'est retrouver cette patrie de
l'âme où devient sensible la parenté du monde,
où les coups du sang rejoignent les pulsations
violentes du soleil de deux heures. Il est bien
connu que la patrie se reconnaît toujours au
moment de la perdre. Pour ceux qui sont trop
tourmentés d'eux-mêmes, le pays natal est celui
qui les nie. Je ne voudrais pas être brutal ni
paraître exagéré. Mais enfin, ce qui me nie
dans cette vie, c'est d'abord ce qui me tue.
Tout ce qui exalte la vie, accroît en même temps
son absurdité. Dans l'été d'Algérie, j'apprends
qu'une seule chose est plus pratique que la
souffrance et c'est la vie d'un homme heureux.
Mais ce peut être aussi bien le chemin d'une plus
grande vie, puisque cela conduit à ne pas tricher.

Beaucoup, en effet, affectent l'amour de vivre
pour éluder l'amour lui-même. On s'essaie à
jouir et à « faire des expériences ». Mais c'est
une vue de l'esprit. Il faut une rare vocation
pour être un jouisseur. La vie d'un homme

s'accomplit sans le secours de son esprit, avec ses reculs et ses avances, à la fois sa solitude et ses présences. A voir ces hommes de Belcourt qui travaillent, défendent leurs femmes et leurs enfants, et souvent sans un reproche, je crois qu'on peut sentir une secrète honte. Sans doute, je ne me fais pas d'illusions. Il n'y a pas beaucoup d'amour dans les vies dont je parle. Je devrais dire qu'il n'y en a plus beaucoup. Mais du moins, elles n'ont rien éludé. Il y a des mots que je n'ai jamais bien compris, comme celui de péché. Je crois savoir pourtant que ces hommes n'ont pas péché contre la vie. Car s'il y a un péché contre la vie, ce n'est peut-être pas tant d'en désespérer que d'espérer une autre vie, et se dérober à l'implacable grandeur de celle-ci. Ces hommes n'ont pas triché. Dieux de l'été, ils le furent à vingt ans par leur ardeur à vivre et le sont encore, privés de tout espoir. J'en ai vu mourir deux. Ils étaient pleins d'horreur, mais silencieux. Cela vaut mieux ainsi. De la boîte de Pandore où grouillaient les maux de l'humanité, les Grecs firent sortir l'espoir après tous les autres, comme le plus terrible de tous. Je ne connais pas de symbole plus émouvant. Car l'espoir, au contraire de ce qu'on croit, équivaut à la résignation. Et vivre, c'est ne pas se résigner.

Voici du moins l'âpre leçon des étés d'Algérie.
Mais déjà la saison tremble et l'été bascule.
Premières pluies de septembre, après tant de
violences et de raidissements, elles sont comme
les premières larmes de la terre délivrée, comme
si pendant quelques jours ce pays se mêlait de
tendresse. A la même époque pourtant, les
caroubiers mettent une odeur d'amour sur toute
l'Algérie. Le soir où après la pluie, la terre
entière, son ventre mouillé d'une semence au
parfum d'amande amère, repose pour s'être
donnée tout l'été au soleil. Et voici qu'à nouveau
cette odeur consacre les noces de l'homme et de
la terre, et fait lever en nous le seul amour
vraiment viril en ce monde : périssable et
généreux.

NOTE

A titre d'illustration, ce récit de bagarre
entendu à Bab-el-Oued et reproduit mot à mot.
(Le narrateur ne parle pas toujours comme le
Cagayous de Musette. Qu'on ne s'en étonne pas.

La langue de Cagayous est souvent une langue littéraire, je veux dire une reconstruction. Les gens du « milieu » ne parlent pas toujours argot. Ils emploient des mots d'argot, ce qui est différent. L'Algérois use d'un vocabulaire typique et d'une syntaxe spéciale. Mais c'est par leur introduction dans la langue française que ces créations trouvent leur saveur.)

Alors Coco y s'avance et y lui dit : « Arrête un peu, arrête. » L'autre y dit : « Qu'est-ce qu'y a ? » Alors Coco y lui dit : « Je vas te donner des coups. — A moi tu vas donner des coups ? » Alors y met la main derrière, mais c'était scousa. Alors Coco y lui dit : « Mets pas la main darrière, parce qu'après j'te choppe le 6-35 et t'y mangeras des coups quand même. »

L'autre il a pas mis la main. Et Coco, rien qu'un, y lui a donné — pas deux, un. L'autre il était par terre. « Oua, oua », qu'y faisait. Alors le monde il est venu. La bagarre, elle a commencé. Y en a un qui s'est avancé à Coco, deux, trois. Moi j'y ai dit : « Dis, tu vas toucher à mon frère ? — Qui, ton frère ? — Si c'est pas mon frère, c'est comme mon frère. » Alors j'y ai donné un taquet. Coco y tapait, moi je tapais, Lucien y tapait. Moi j'en avais un dans un coin et avec la tête : « Bom, bom. » Alors les agents y sont venus. Y nous ont mis les chaînes, dis.

La honte à la figure, j'avais, de traverser tout Bab-el-Oued. Devant le *Gentleman's bar*, y avait des copains et des petites, dis. La honte à la figure. Mais après, le père à Lucien y nous a dit : « Vous avez raison. »

LE DÉSERT

à Jean Grenier.

Vivre, bien sûr, c'est un peu le contraire d'exprimer. Si j'en crois les grands maîtres toscans, c'est témoigner trois fois, dans le silence, la flamme et l'immobilité.

Il faut beaucoup de temps pour reconnaître que les personnages de leurs tableaux, on les rencontre tous les jours dans les rues de Florence ou de Pise. Mais, aussi bien, nous ne savons plus voir les vrais visages de ceux qui nous entourent. Nous ne regardons plus nos contemporains, avides seulement de ce qui, en eux, sert notre orientation et règle notre conduite. Nous préférons au visage sa poésie la plus vulgaire. Mais pour Giotto ou Piero della Francesca, ils savent bien que la sensibilité d'un homme n'est rien. Et du cœur, à vrai dire, tout le monde en a. Mais les grands sentiments simples et éternels autour desquels gravite l'amour de vivre, haine, amour, larmes et joies croissent à la profondeur

de l'homme et modèlent le visage de son destin
— comme dans la mise au tombeau du Giottino,
la douleur aux dents serrées de Marie. Dans les
immenses maestas des églises toscanes, je vois
bien une foule d'anges aux visages indéfiniment
décalqués, mais à chacune de ces faces muettes
et passionnées, je reconnais une solitude.

Il s'agit bien vraiment de pittoresque, d'épi-
sode, de nuances ou d'être ému. Il s'agit bien
de poésie. Ce qui compte, c'est la vérité. Et
j'appelle vérité tout ce qui continue. Il y a un
enseignement subtil à penser qu'à cet égard,
seuls les peintres peuvent apaiser notre faim.
C'est qu'ils ont le privilège de se faire les roman-
ciers du corps. C'est qu'ils travaillent dans
cette manière magnifique et futile qui s'appelle
le présent. Et le présent se figure toujours dans
un geste. Ils ne peignent pas un sourire ou une
fugitive pudeur, regret ou attente, mais un
visage dans son relief d'os et sa chaleur de
sang. De ces faces figées dans des lignes éternelles, ils ont à jamais chassé la malédiction
de l'esprit : au prix de l'espoir. Car le corps
ignore l'espoir. Il ne connaît que les coups de
son sang. L'éternité qui lui est propre est faite
d'indifférence. Comme cette *Flagellation* de Piero
della Francesca, où, dans une cour fraîchement
lavée, le Christ supplicié et le bourreau aux

membres épais laissent surprendre dans leurs
attitudes le même détachement. C'est qu'aussi
bien ce supplice n'a pas de suite. Et sa leçon
s'arrête au cadre de la toile. Quelle raison d'être
ému pour qui n'attend pas de lendemain? Cette
impassibilité et cette grandeur de l'homme sans
espoir, cet éternel présent, c'est cela précisément
que des théologiens avisés ont appelé l'enfer.
Et l'enfer, comme personne ne l'ignore, c'est
aussi la chair qui souffre. C'est à cette chair
que les Toscans s'arrêtent et non pas à son
destin. Il n'y a pas de peintures prophétiques.
Et ce n'est pas dans les musées qu'il faut chercher des raisons d'espérer.

L'immortalité de l'âme, il est vrai, préoccupe
beaucoup de bons esprits. Mais c'est qu'ils
refusent, avant d'en avoir épuisé la sève, la
seule vérité qui leur soit donnée et qui est le
corps. Car le corps ne leur pose pas de pro-
blèmes ou, du moins, ils connaissent l'unique
solution qu'il propose : c'est une vérité qui doit
pourrir et qui revêt par là une amertume et une
noblesse qu'ils n'osent pas regarder en face. Les
bons esprits lui préfèrent la poésie, car elle est
affaire d'âme. On sent bien que je joue sur les
mots. Mais on comprend aussi que par vérité
je veux seulement consacrer une poésie plus haute :
la flamme noire que de Cimabué à Francesca les

peintres italiens ont élevée parmi les paysages
toscans comme la protestation lucide de l'homme
jeté sur une terre dont la splendeur et la lumière
lui parlent sans relâche d'un Dieu qui n'existe pas.

A force d'indifférence et d'insensibilité, il
arrive qu'un visage rejoigne la grandeur minérale d'un paysage. Comme certains paysans
d'Espagne arrivent à ressembler aux oliviers
de leurs terres, ainsi les visages de Giotto,
dépouillés des ombres dérisoires où l'âme se
manifeste, finissent par rejoindre la Toscane
elle-même dans la seule leçon dont elle est prodigue : un exercice de la passion au détriment de
l'émotion, un mélange d'ascèse et de jouis-
sances, une résonance commune à la terre et à
l'homme, par quoi l'homme comme la terre, se
définit à mi-chemin entre la misère et l'amour.
Il n'y a pas tellement de vérités dont le cœur
soit assuré. Et je savais bien l'évidence de celle-
ci, certain soir où l'ombre commençait à noyer
les vignes et les oliviers de la campagne de
Florence d'une grande tristesse muette. Mais
la tristesse dans ce pays n'est jamais qu'un
commentaire de la beauté. Et dans le train qui
filait à travers le soir, je sentais quelque chose
se dénouer en moi. Puis-je douter aujourd'hui
qu'avec le visage de la tristesse, cela s'appelait
cependant du bonheur?

Oui, la leçon illustrée par ses hommes, l'Italie la prodigue aussi par ses paysages. Mais il est facile de manquer le bonheur puisque toujours il est immérité. De même pour l'Italie. Et sa grâce, si elle est soudaine, n'est pas toujours immédiate. Mieux qu'aucun autre pays, elle invite à l'approfondissement d'une expérience qu'elle paraît cependant livrer tout entière à la première fois. C'est qu'elle est d'abord prodigue de poésie pour mieux cacher sa vérité. Ses premiers sortilèges sont des rites d'oubli : les lauriers-roses de Monaco, Gênes pleine de fleurs et d'odeurs de poisson et les soirs bleus sur la côte ligurienne. Puis Pise enfin et avec elle une Italie qui a perdu le charme un peu canaille de la Riviera. Mais elle est encore facile et pourquoi ne pas se prêter quelque temps à sa grâce sensuelle. Pour moi que rien ne force lorsque je suis ici (et qui suis privé des joies du voyageur traqué puisqu'un billet à prix réduit me force à rester un certain temps dans la ville « de mon choix »), ma patience à aimer et à comprendre me semble sans limite ce premier soir où fatigué et affamé, j'entre dans Pise, accueilli sur l'avenue de la gare par dix haut-parleurs tonitruants qui déversent un flot de romances sur une foule où presque tout le monde est jeune. Je sais déjà ce que j'attends. Après ce bondissement

de vie, ce sera ce singulier instant, les cafés fermés et le silence soudain revenu, où j'irai par
des rues courtes et obscures vers le centre de la
ville. L'Arno noir et doré, les monuments jaunes
et verts, la ville déserte, comment décrire ce
subterfuge si soudain et si adroit par lequel
Pise à dix heures du soir se change en un décor
étrange de silence, d'eau et de pierres. « C'est
par une nuit pareille, Jessica! » Sur ce plateau
unique, voici que les dieux paraissent avec la
voix des amants de Shakespeare... Il faut savoir
se prêter au rêve lorsque le rêve se prête à nous.
Le chant plus intérieur qu'on vient chercher
ici, j'en sens déjà les premiers accords au fond de
cette nuit italienne. Demain, demain seulement, la campagne s'arrondira dans le matin.
Mais ce soir, me voici dieu parmi les dieux et,
devant Jessica qui s'enfuit « des pas emportés
de l'amour », je mêle ma voix à celle de Lorenzo.
Mais Jessica n'est qu'un prétexte, et cet élan
d'amour la dépasse. Oui, je le crois, Lorenzo
l'aime moins qu'il ne lui est reconnaissant de
lui permettre d'aimer. Mais pourquoi songer ce
soir aux Amants de Venise et oublier Vérone?
C'est qu'aussi bien rien n'invite ici à chérir des
amants malheureux. Rien n'est plus vain que
de mourir pour un amour. C'est vivre qu'il
faudrait. Et Lorenzo vivant vaut mieux que

Roméo dans la terre et malgré son rosier. Comment alors ne pas danser dans ces fêtes de l'amour vivant — dormir l'après-midi sur l'herbe courte de la Piazza del Duomo, au milieu des monuments qu'on a toujours le temps de visiter, boire aux fontaines de la ville où l'eau· était un peu tiède mais si fluide, revoir encore ce visage de femme qui riait, le nez long et la bouche fière. Il faut comprendre seulement que cette initiation prépare à des illuminations plus hautes. Ce sont les cortèges étincelants qui mènent les mystes dionysiens à Éleusis. C'est dans la joie que l'homme prépare ses leçons et parvenue à son plus haut degré d'ivresse, la chair devient consciente et consacre sa communion avec un mystère sacré dont le symbole est le sang noir. L'oubli de soi-même puisé dans l'ardeur de cette première Italie, voici qu'il prépare à cette leçon qui nous délie de l'espérance et nous enlève à notre histoire. Double vérité du corps et de l'instant, au spectacle de la beauté, comment ne pas s'y accrocher comme on s'agrippe au seul bonheur attendu, qui doit nous enchanter, mais périr à la fois.

Le matérialisme le plus répugnant n'est pas
celui qu'on croit, mais bien celui qui veut nous
faire passer des idées mortes pour des réalités
vivantes et détourner sur des mythes stériles
l'attention obstinée et lucide que nous portons
à ce qui en nous doit mourir pour toujours. Je
me souviens qu'à Florence, dans le cloître des
morts, à la Santissima Annunziata, je fus trans-
porté par quelque chose que j'ai pu prendre
pour de la détresse et qui n'était que de la
colère. Il pleuvait. Je lisais des inscriptions sur
les dalles funéraires et sur les ex-voto. Celui-ci
avait été père tendre et mari fidèle; cet autre,
en même temps que le meilleur des époux,
commerçant avisé. Une jeune femme, modèle
de toutes les vertus, parlait le français, « si
come il nativo ». Là, une jeune fille était toute
l'espérance des siens, « ma la gioia è pellegrina
sulla terra ». Mais rien de tout cela ne m'attei-
gnait. Presque tous, selon les inscriptions,
s'étaient résignés à mourir, et sans doute, puisqu'ils acceptaient leurs autres devoirs. Aujour-
d'hui, les enfants avaient envahi le cloître et
jouaient à saute-mouton sur les dalles qui vou-
laient perpétuer leurs vertus. La nuit tombait
alors, je m'étais assis par terre, adossé à une
colonne. Un prêtre, en passant, m'avait souri.
Dans l'église, l'orgue jouait sourdement et la

couleur chaude de son dessin reparaissait parfois derrière le cri des enfants. Seul contre la
colonne, j'étais comme quelqu'un qu'on prend
à la gorge et qui crie sa foi comme une dernière
parole. Tout en moi protestait contre une semblable résignation. « Il faut », disaient les inscriptions. Mais non, et ma révolte avait raison.
Cette joie qui allait, indifférente et absorbée
comme un pèlerin sur la terre, il me fallait la
suivre pas à pas. Et, pour le reste, je disais
non. Je disais non de toutes mes forces. Les
dalles m'apprenaient que c'était inutile et que
la vie est « col sol levante col sol cadente ». Mais
aujourd'hui encore, je ne vois pas ce que l'inu-
tilité ôte à ma révolte et je sens bien ce qu'elle
lui ajoute.

Au demeurant, ce n'est pas cela que je voulais
dire. Je voudrais cerner d'un peu plus près une
vérité que j'éprouvais alors dans le cœur même
de ma révolte et dont celle-ci n'était que le pro-
longement, une vérité qui allait des petites roses
tardives du cloître de Santa Maria Novella aux
femmes de ce dimanche matin à Florence, les
seins libres dans des robes légères et les lèvres
humides. Au coin de chaque église, ce dimanche-
là, se dressaient des étalages de fleurs, grasses et
brillantes, perlées d'eau. J'y trouvais alors une
sorte de « naïveté » en même temps qu'une

récompense. Dans ces fleurs comme dans ces femmes, il y avait une opulence généreuse et je ne voyais pas que désirer les unes différât beaucoup de convoiter les autres. Le même cœur pur y suffisait. Ce n'est pas souvent qu'un homme se sent le cœur pur. Mais du moins à ce moment, son devoir est d'appeler vérité ce qui l'a si singulièrement purifié, même si cette vérité peut à d'autres sembler un blasphème, comme c'est le cas pour ce que je pensais ce jour-là : j'avais passé ma matinée dans un couvent de franciscains, à Fiesole, plein de l'odeur des lauriers. J'étais resté de longs moments dans une petite cour gonflée de fleurs rouges, de soleil, d'abeilles jaunes et noires. Dans un coin, il y avait un arrosoir vert. Avant de venir, j'avais visité les cellules des moines, et vu les petites tables garnies d'une tête de mort. Maintenant, ce jardin témoignait de leurs inspirations. J'étais revenu vers Florence, le long de la colline qui dévalait vers la ville offerte avec tous ses cyprès. Cette splendeur du monde, ces femmes et ces fleurs, il me semblait qu'elle était comme la justification de ces hommes. Je n'étais pas sûr qu'elle ne fût aussi celle de tous les hommes qui savent qu'un point extrême de pauvreté rejoint toujours le luxe et la richesse du monde. Dans la vie de ces franciscains, enfermés entre des

colonnes et des fleurs et celle des jeunes gens de
la plage Padovani à Alger qui passent toute
l'année au soleil, je sentais une résonance commune. S'ils se dépouillent, c'est pour une plus
grande vie (et non pour une autre vie). C'est
du moins le seul emploi valable du mot « dénuement ». Être nu garde toujours un sens de liberté
physique et cet accord de la main et des fleurs
— cette entente amoureuse de la terre et de
l'homme délivré de l'humain — ah! je m'y
convertirais bien si elle n'était déjà ma religion. Non, ce ne peut être là un blasphème
— et non plus si je dis que le sourire intérieur
des saints François de Giotto justifie ceux qui
ont le goût du bonheur. Car les mythes sont à
la religion ce que la poésie est à la vérité, des
masques ridicules posés sur la passion de vivre.

Irai-je plus loin? Les mêmes hommes qui, à
Fiesole, vivent devant les fleurs rouges ont dans
leur cellule le crâne qui nourrit leurs méditations.
Florence à leurs fenêtres et la mort sur leur
table. Une certaine continuité dans le désespoir
peut engendrer la joie. Et à une certaine tempé-
rature de vie, l'âme et le sang mêlés, vivent à
l'aise sur des contradictions, aussi indifférents
au devoir qu'à la foi. Je ne m'étonne plus alors
que sur un mur de Pise une main allègre ait
résumé ainsi sa singulière notion de l'honneur :

« Alberto fa l'amore con la mia sorella. » Je ne
m'étonne plus que l'Italie soit la terre des
incestes, ou du moins, ce qui est plus significatif, des incestes avoués. Car le chemin qui
va de la beauté à l'immoralité est tortueux,
mais certain. Plongée dans la beauté, l'intelligence fait son repas de néant. Devant ces
paysages dont la grandeur serre la gorge, chacune de ses pensées est une rature sur l'homme.
Et bientôt, nié, couvert, recouvert et obscurci par
tant de convictions accablantes, il n'est plus
rien devant le monde que cette tache informe
qui ne connaît de vérité que passive, ou sa
couleur ou son soleil. Des paysages si purs sont
desséchants pour l'âme et leur beauté insuppor-
table. Dans ces évangiles de pierre, de ciel et
d'eau, il est dit que rien ne ressuscite. Désormais
au fond de ce désert magnifique au cœur, la
tentation commence pour les hommes de ces
pays. Quoi d'étonnant si des esprits élevés
devant le spectacle de la noblesse, dans l'air
raréfié de la beauté, restent mal persuadés que
la grandeur puisse s'unir à la bonté? Une intelligence sans dieu qui l'achève cherche un dieu
dans ce qui la nie. Borgia arrivant au Vatican
s'écrie : « Maintenant que Dieu nous a donné la
papauté, il faut se hâter d'en jouir. » Et il fait
comme il dit. Se hâter, cela est bien dit. Et

l'on y sent déjà le désespoir si particulier aux êtres comblés.

Je me trompe peut-être. Car enfin je fus heureux à Florence et tant d'autres avant moi. Mais qu'est-ce que le bonheur sinon le simple accord entre un être et l'existence qu'il mène? Et quel accord plus légitime peut unir l'homme à la vie sinon la double conscience de son désir de durée et son destin de mort? On y apprend du moins à ne compter sur rien et à considérer le présent comme la seule vérité qui nous soit donnée par « surcroît ». J'entends bien qu'on me dit : l'Italie, la Méditerranée, terres antiques où tout est à la mesure de l'homme. Mais où donc et qu'on me montre la voie? Laissez-moi ouvrir les yeux pour chercher ma mesure et mon contentement! Ou plutôt si, je vois : Fiesole, Djémila et les ports dans le soleil. La mesure de l'homme? Le silence et les pierres mortes. Tout le reste appartient à l'histoire.

Mais pourtant, ce n'est pas là qu'il faudrait s'arrêter. Car il n'a pas été dit que le bonheur soit à toute force inséparable de l'optimisme. Il est lié à l'amour — ce qui n'est pas la même chose. Et je sais des heures et des lieux où le

bonheur peut paraître si amer qu'on lui préfère
sa promesse. Mais c'est qu'en ces heures ou en
ces lieux, je n'avais pas assez de cœur à aimer,
c'est-à-dire à ne pas renoncer. Ce qu'il faut dire
ici, c'est cette entrée de l'homme dans les fêtes
de la terre et de la beauté. Car à cette minute,
comme le néophyte ses derniers voiles, il abandonne devant son dieu la petite monnaie de sa
personnalité. Oui, il y a un bonheur plus haut
où le bonheur paraît futile. A Florence, je mon-
tais tout en haut du jardin Boboli, jusqu'à une
terrasse d'où l'on découvrait le Monte Oliveto
et les hauteurs de la ville jusqu'à l'horizon. Sur
chacune de ces collines, les oliviers étaient pâles
comme de petites fumées et dans le brouillard
léger qu'ils faisaient se détachaient les jets plus
durs des cyprès, les plus proches verts et ceux
du lointain noirs. Dans le ciel dont on voyait le
bleu profond, de gros nuages mettaient des
taches. Avec la fin de l'après-midi, tombait une
lumière argentée où tout devenait silence. Le
sommet des collines était d'abord dans les
nuages. Mais une brise s'était levée dont je
sentais le souffle sur mon visage. Avec elle, et
derrière les collines, les nuages se séparèrent
comme un rideau qui s'ouvre. Du même coup, les
cyprès du sommet semblèrent grandir d'un seul
jet dans le bleu soudain découvert. Avec eux,

toute la colline et le paysage d'oliviers et de
pierres remontèrent avec lenteur. D'autres
nuages vinrent. Le rideau se ferma. Et la
colline redescendit avec ses cyprès et ses maisons.
Puis à nouveau — et dans le lointain sur d'autres
collines de plus en plus effacées — la même
brise qui ouvrait ici les plis épais des nuages
les refermait là-bas. Dans cette grande respiration du monde, le même souffle s'accomplissait
à quelques secondes de distance et reprenait de
loin en loin le thème de pierre et d'air d'une
fugue à l'échelle du monde. Chaque fois, le
thème diminuait d'un ton : à le suivre un peu
plus loin, je me calmais un peu plus. Et parvenu
au terme de cette perspective sensible au cœur,
j'embrassais d'un coup d'œil cette fuite de
collines toutes ensemble respirant et avec elle
comme le chant de la terre entière.

Des millions d'yeux, je le savais, ont contemplé
ce paysage et, pour moi, il était comme le
premier sourire du ciel. Il me mettait hors de
moi au sens profond du terme. Il m'assurait que
sans mon amour et ce beau cri de pierre, tout
était inutile. Le monde est beau, et hors de lui,
point de salut. La grande vérité que patiemment
il m'enseignait, c'est que l'esprit n'est rien, ni
le cœur même. Et que la pierre chauffée par le
soleil, ou le cyprès que le ciel découvert agrandit,

limitent le seul univers où « avoir raison » prend
un sens : la nature sans hommes. Et ce monde
m'annihile. Il me porte jusqu'au bout. Il me nie
sans colère. Dans ce soir qui tombait sur la
campagne florentine, je m'acheminais vers une
sagesse où tout était déjà conquis, si des larmes
ne m'étaient venues aux yeux et si le gros
sanglot de poésie qui m'emplissait ne m'avait
fait oublier la vérité du monde.

C'est sur ce balancement qu'il faudrait s'arrêter : singulier instant où la spiritualité répudie
la morale, où le bonheur naît de l'absence
d'espoir, où l'esprit trouve sa raison dans le
corps. S'il est vrai que toute vérité porte en elle
son amertume, il est aussi vrai que toute négation contient une floraison de « oui ». Et ce chant
d'amour sans espoir qui naît de la contemplation
peut aussi figurer la plus efficace des règles
d'action. Au sortir du tombeau, le Christ ressusci-
tant de Piero della Francesca n'a pas un regard
d'homme. Rien d'heureux n'est peint sur son
visage — mais seulement une grandeur farouche
et sans âme que je ne puis m'empêcher de
prendre pour une résolution à vivre. Car le sage
comme l'idiot exprime peu. Ce retour me ravit.

Mais cette leçon, la dois-je à l'Italie ou l'ai-je tirée de mon cœur? C'est là-bas sans doute qu'elle m'est apparue. Mais c'est que l'Italie, comme d'autres lieux privilégiés, m'offre le spectacle d'une beauté où meurent quand même les hommes. Ici encore la vérité doit pourrir et quoi de plus exaltant? Même si je la souhaite, qu'ai-je à faire d'une vérité qui ne doive pas pourrir? Elle n'est pas à ma mesure. Et l'aimer serait un faux-semblant. On comprend rarement que ce n'est jamais par désespoir qu'un homme abandonne ce qui faisait sa vie. Les coups de tête et les désespoirs mènent vers d'autres vies et marquent seulement un attachement frémissant aux leçons de la terre. Mais il peut arriver qu'à un certain degré de lucidité, un homme se sente le cœur fermé et, sans révolte ni revendication, tourne le dos à ce qu'il prenait jusqu'ici pour sa vie, je veux dire son agitation. Si Rimbaud finit en Abyssinie sans avoir écrit une seule ligne, ce n'est pas par goût de l'aventure, ni renoncement d'écrivain. C'est « parce que c'est comme ça » et qu'à une certaine pointe de la conscience, on finit par admettre ce que nous nous efforçons tous de ne pas comprendre, selon notre vocation. On sent bien qu'il s'agit ici d'entreprendre la géographie d'un certain désert. Mais ce désert singulier n'est sensible qu'à ceux capables d'y vivre sans jamais tromper leur soif. C'est alors, et alors seulement, qu'il se peuple des eaux vives du bonheur.

A portée de ma main, au jardin Boboli, pendaient d'énormes kakis dorés dont la chair éclatée laissait passer un sirop épais. De cette colline légère à ces fruits juteux, de la fraternité secrète qui m'accordait au monde à la faim qui me poussait vers la chair orangée au-dessus de ma main, je saisissais le balancement qui mène certains hommes de l'ascèse à la jouissance et du dépouillement à la profusion dans la volupté. J'admirais, j'admire ce lien qui, au monde, unit l'homme, ce double reflet dans lequel mon cœur peut intervenir et dicter son bonheur jusqu'à une limite précise où le monde peut alors l'achever ou le détruire. Florence! Un des seuls lieux d'Europe où j'ai compris qu'au cœur de ma révolte dormait un consentement. Dans son ciel mêlé de larmes et de soleil, j'apprenais à consentir à la terre et à brûler dans la flamme sombre de ses fêtes. J'éprouvais... mais quel mot? quelle démesure? comment consacrer l'accord de l'amour et de la révolte? La terre! Dans ce grand temple déserté par les dieux, toutes mes idoles ont des pieds d'argile.

L'été

Mais toi tu es né pour un jour limpide...

Hölderlin.

Cet essai[1] *date de 1939. Le lecteur devra s'en souvenir pour juger de ce que pourrait être l'Oran d'aujourd'hui. Des protestations passionnées venues de cette belle ville m'assurent en effet qu'il a été (ou sera) porté remède à toutes les imperfections. Les beautés que cet essai exalte, au contraire, ont été jalousement protégées. Cité heureuse et réaliste, Oran désormais n'a plus besoin d'écrivains : elle attend des touristes.*

(1953.)

---

1. Le minotaure ou la halte d'Oran. *(N. de l'Éd.).*

LE MINOTAURE
ou
LA HALTE D'ORAN

Il n'y a plus de déserts. Il n'y a plus d'îles. Le
besoin pourtant s'en fait sentir. Pour comprendre
le monde, il faut parfois se détourner; pour mieux
servir les hommes, les tenir un moment à distance. Mais où trouver la solitude nécessaire à
la force, la longue respiration où l'esprit se
rassemble et le courage se mesure? Il reste les
grandes villes. Simplement, il y faut encore des
conditions.

Les villes que l'Europe nous offre sont trop
pleines des rumeurs du passé. Une oreille exercée
peut y percevoir des bruits d'ailes, une palpitation d'âmes. On y sent le vertige des siècles,
des révolutions, de la gloire. On s'y souvient
que l'Occident s'est forgé dans les clameurs.
Cela ne fait pas assez de silence.

Paris est souvent un désert pour le cœur, mais
à certaines heures, du haut du Père-Lachaise,

souffle un vent de révolution qui remplit soudain ce désert de drapeaux et de grandeurs
vaincues. Ainsi de quelques villes espagnoles,
de Florence ou de Prague. Salzbourg serait
paisible sans Mozart. Mais, de loin en loin,
court sur la Salzach le grand cri orgueilleux de
don Juan plongeant aux enfers. Vienne paraît
plus silencieuse, c'est une jeune fille parmi les
villes. Les pierres n'y ont pas plus de trois siècles
et leur jeunesse ignore la mélancolie. Mais Vienne
est à un carrefour d'histoire. Autour d'elle reten-
tissent des chocs d'empires. Certains soirs où le
ciel se couvre de sang, les chevaux de pierre,
sur les monuments du Ring, semblent s'envoler.
Dans cet instant fugitif, où tout parle de puissance et d'histoire, on peut distinctement
entendre, sous la ruée des escadrons polonais,
la chute fracassante du royaume ottoman. Cela
non plus ne fait pas assez de silence.

Certes, c'est bien cette solitude peuplée qu'on
vient chercher dans les villes d'Europe. Du
moins, les hommes qui savent ce qu'ils ont à
faire. Ils peuvent y choisir leur compagnie, la
prendre et la laisser. Combien d'esprits se sont
trempés dans ce voyage entre leur chambre
d'hôtel et les vieilles pierres de l'île Saint-Louis!
Il est vrai que d'autres y ont péri d'isolement.
Pour les premiers, en tout cas, ils y trouvaient

leurs raisons de croître et de s'affirmer. Ils étaient seuls et ils ne l'étaient pas. Des siècles d'histoire et de beauté, le témoignage ardent de mille vies révolues les accompagnaient le long de la Seine et leur parlaient à la fois de traditions et de conquêtes. Mais leur jeunesse les poussait à appeler cette compagnie. Il vient un temps, des époques, où elle est importune. « A nous deux! » s'écrie Rastignac, devant l'énorme moisissure de la ville parisienne. Deux, oui, mais c'est encore trop!

Le désert lui-même a pris un sens, on l'a surchargé de poésie. Pour toutes les douleurs du monde, c'est un lieu consacré. Ce que le cœur demande à certains moments, au contraire, ce sont justement des lieux sans poésie. Descartes, ayant à méditer, choisit son désert : la ville la plus commerçante de son époque. Il y trouve sa solitude et l'occasion du plus grand, peut-être, de nos poèmes virils : « Le premier (précepte) était de ne recevoir jamais aucune chose pour vraie que je ne la connusse évidemment être telle. » On peut avoir moins d'ambition et la même nostalgie. Mais Amsterdam, depuis trois siècles, s'est couverte de musées. Pour fuir la poésie et retrouver la paix des pierres, il faut d'autres déserts, d'autres lieux sans âme et sans recours. Oran est l'un de ceux-là.

LA RUE

J'ai souvent entendu des Oranais se plaindre de leur ville : « Il n'y a pas de milieu intéressant. » Eh! parbleu, vous ne le voudriez pas; Quelques bons esprits ont essayé d'acclimater dans ce désert les mœurs d'un autre monde, fidèles à ce principe qu'on ne saurait bien servir l'art ou les idées sans se mettre à plusieurs*. Le résultat est tel que les seuls milieux instructifs restent ceux des joueurs de poker, des amateurs de boxe, des boulomanes et des sociétés régionales. Là, du moins, règne le naturel. Après tout, il existe une certaine grandeur qui ne prête pas à l'élévation. Elle est inféconde par état. Et ceux qui désirent la trouver, ils laissent les « milieux » pour descendre dans la rue.

Les rues d'Oran sont vouées à la poussière, aux cailloux et à la chaleur. S'il y pleut, c'est

---

* On rencontre à Oran le Klestakoff de Gogol. Il bâille et puis : « Je sens qu'il va falloir s'occuper de quelque chose d'élevé. »

le déluge et une mer de boue. Mais pluie ou
soleil, les boutiques ont le même air extrava-
gant et absurde. Tout le mauvais goût de l'Europe et de l'Orient s'y est donné rendez-vous. On
y trouve, pêle-mêle, des lévriers de marbre, des
danseuses au cygne, des Dianes chasseresses en
galalithe verte, des lanceurs de disque et des
moissonneurs, tout ce qui sert aux cadeaux d'an-
niversaire ou de mariage, tout le peuple affli-
geant qu'un génie commercial et farceur ne
cesse de susciter sur les dessus de nos chemi-
nées. Mais cette application dans le mauvais
goût prend ici une allure baroque qui fait tout
pardonner. Voici, offert dans un écrin de poussière, le contenu d'une vitrine : d'affreux modèles
en plâtre de pieds torturés, un lot de dessins de
Rembrandt « sacrifiés à 150 francs l'un », des
« farces-attrapes », des porte-billets tricolores,
un pastel du XVIIIe siècle, un bourricot méca-
nique en peluche, des bouteilles d'eau de Provence pour conserver les olives vertes, et une
ignoble vierge en bois, au sourire indécent. (Pour
que nul n'en ignore, la « direction » a placé à ses
pieds un écriteau : « Vierge en bois. »)

On peut trouver à Oran :

1. Des cafés au comptoir verni de crasse, saupoudré de pattes et d'ailes de mouches, le patron toujours souriant, malgré la salle toujours déserte. Le « petit noir » y coûtait douze sous et le grand, dix-huit.

2. Des boutiques de photographes où la technique n'a pas progressé depuis l'invention du papier sensible. Elles exposent une faune singulière, impossible à rencontrer dans les rues, depuis le pseudo-marin qui s'appuie du coude sur une console, jusqu'à la jeune fille à marier, taille fagotée, bras ballants devant un fond sylvestre. On peut supposer qu'il ne s'agit pas de portraits d'après nature : ce sont des créations.

3. Une édifiante abondance de magasins funéraires. Ce n'est pas qu'à Oran on meure plus qu'ailleurs, mais j'imagine seulement qu'on en fait plus d'histoires.

La sympathique naïveté de ce peuple marchand s'étale jusque dans la publicité. Je lis, sur le prospectus d'un cinéma oranais, l'annonce d'un film de troisième qualité. J'y relève les adjectifs « fastueux », « splendide », « extraordinaire », « prestigieux », « bouleversant » et « formidable ». Pour finir, la direction informe le public des sacrifices considérables qu'elle s'est imposés, afin de pouvoir lui présenter cette étonnante « réalisation ». Cependant, le prix des places ne sera pas augmenté.

On aurait tort de croire que s'exerce seulement ici le goût de l'exagération propre au Midi. Exactement, les auteurs de ce merveilleux prospectus donnent la preuve de leur sens psychologique. Il s'agit de vaincre l'indifférence et l'apathie profonde qu'on ressent dans ce pays dès qu'il s'agit de choisir entre deux spectacles, deux métiers et, souvent même, deux femmes. On ne se décide que forcé. Et la publicité le sait bien. Elle prendra des proportions américaines, ayant les mêmes raisons, ici et là-bas, de s'exaspérer.

Les rues d'Oran nous renseignent enfin sur les deux plaisirs essentiels de la jeunesse locale : se faire cirer les souliers et promener ces mêmes souliers sur le boulevard. Pour avoir une idée juste de la première de ces voluptés, il faut confier ses chaussures, à dix heures, un dimanche matin, aux cireurs du boulevard Gallieni. Juché sur de hauts fauteuils, on pourra goûter alors cette satisfaction particulière que donne, même à un profane, le spectacle d'hommes amoureux de leur métier comme le sont visiblement les cireurs oranais. Tout est travaillé dans le détail. Plusieurs brosses, trois variétés de chiffons, le cirage combiné à l'essence : on peut croire que l'opération est terminée devant le parfait éclat qui naît sous la brosse douce. Mais la même main acharnée repasse du cirage sur la surface brillante, la frotte, la ternit, conduit la crème jusqu'au cœur des peaux et fait alors jaillir, sous la même brosse, un double et vraiment définitif éclat sorti des profondeurs du cuir.

Les merveilles ainsi obtenues sont ensuite exhibées devant les connaisseurs. Il convient, pour apprécier ces plaisirs tirés du boulevard, d'assister aux bals masqués de la jeunesse qui ont lieu tous les soirs sur les grandes artères de la ville. Entre seize et vingt ans, en effet, les jeunes Oranais de la « Société » empruntent leurs modèles d'élégance au cinéma américain et se travestissent avant d'aller dîner. Chevelure ondulée et gominée, débordant d'un feutre penché sur l'oreille gauche et cassé sur l'œil droit, le cou serré dans un col assez considérable pour prendre le relais des cheveux, le nœud de cravate microscopique soutenu par une épingle rigoureuse, le veston à mi-cuisse et la taille tout près des hanches, le pantalon clair et court, les souliers éclatants sur leur triple semelle, cette jeunesse, tous les soirs, fait sonner sur les trottoirs son imperturbable aplomb et le bout ferré de ses chaussures. Elle s'applique en toutes choses à imiter l'allure, la rondeur et la supériorité de M. Clark Gable. A ce titre, les esprits critiques de la ville surnomment communément ces jeunes gens, par la grâce d'une insouciante prononciation, les « Clárque ».

Dans tous les cas, les grands boulevards d'Oran sont envahis, à la fin des après-midi, par une armée de sympathiques adolescents qui se donnent le plus grand mal pour paraître de mauvais garçons. Comme les jeunes Oranaises se sentent promises de tout temps à ces gangsters au cœur tendre, elles affichent également le maquillage et l'élégance des grandes actrices américaines. Les mêmes mauvais esprits les appellent en conséquence des « Marlène ». Ainsi, lorsque sur les boulevards du soir un bruit d'oiseaux monte des palmiers vers le ciel, des dizaines de Clarque et de Marlène se rencontrent, se toisent et s'évaluent, heureux de vivre et de paraître, livrés pour une heure au vertige des existences parfaites. On assiste alors, disent les jaloux, aux réunions de la commission américaine. Mais on sent à ces mots l'amertume des plus de trente ans qui n'ont rien à faire dans ces jeux. Ils méconnaissent ces congrès quotidiens de la jeunesse et du romanesque. Ce sont, en vérité, les parlements d'oiseaux qu'on rencontre dans la littérature hindoue. Mais on n'agite pas sur les boulevards d'Oran le problème de l'être

et l'on ne s'inquiète pas du chemin de la per-
fection. Il ne reste que des battements d'ailes,
des roues empanachées, des grâces coquettes et
victorieuses, tout l'éclat d'un chant insouciant
qui disparaît avec la nuit.

J'entends d'ici Klestakoff : « Il faudra s'occuper de quelque chose d'élevé. » Hélas! il en
est bien capable. Qu'on le pousse et il peuplera
ce désert avant quelques années. Mais, pour le
moment, une âme un peu secrète doit se délivrer dans cette ville facile, avec son défilé de
jeunes filles fardées, et cependant incapables
d'apprêter l'émotion, simulant si mal la coquet-
terie que la ruse est tout de suite éventée.
S'occuper de quelque chose d'élevé! Voyez plutôt : Santa Cruz ciselée dans le roc, les montagnes, la mer plate, le vent violent et le soleil,
les grandes grues du port, les trains, les hangars,
les quais et les rampes gigantesques qui gravissent le rocher de la ville, et dans la ville elle-
même ces jeux et cet ennui, ce tumulte et cette
solitude. Peut-être, en effet, tout cela n'est-il pas
assez élevé. Mais le grand prix de ces îles sur-
peuplées, c'est que le cœur s'y dénude. Le silence
n'est plus possible que dans les villes bruyantes.
D'Amsterdam, Descartes écrit au vieux Balzac :
« Je vais me promener tous les jours parmi la
confusion d'un grand peuple, avec autant de

liberté et de repos que vous sauriez faire dans vos allées *. »

LE DÉSERT A ORAN

Forcés de vivre devant un admirable pay- sage, les Oranais ont triomphé de cette redou- table épreuve en se couvrant de constructions bien laides. On s'attend à une ville ouverte sur la mer, lavée, rafraîchie par la brise des soirs. Et, mis à part le quartier espagnol **, on trouve une cité qui présente le dos à la mer, qui s'est construite en tournant sur elle-même, à la façon d'un escargot. Oran est un grand mur circulaire et jaune, recouvert d'un ciel dur. Au début, on erre dans le labyrinthe, on cherche la mer comme le signe d'Ariane. Mais on tourne en rond dans des rues fauves et oppressantes, et, à la fin, le Minotaure dévore les Oranais : c'est l'ennui.

* En souvenir sans doute de ces bonnes paroles, une Société oranaise de conférences et de discussion s'est organisée à l'enseigne du *Cogito-Club*.
** Et le nouveau boulevard Front-de-Mer.

Depuis longtemps, les Oranais n'errent plus. Ils ont accepté d'être mangés.

On ne peut pas savoir ce qu'est la pierre sans venir à Oran. Dans cette ville poussiéreuse entre toutes, le caillou est roi. On l'aime tant que les commerçants l'exposent dans leurs vitrines pour maintenir des papiers, ou encore pour la seule montre. On en fait des tas le long des rues, sans doute pour le plaisir des yeux, puisque, un an après, le tas est toujours là. Ce qui, ailleurs, tire sa poésie du végétal, prend ici un visage de pierre. On a soigneusement recouvert de poussière la centaine d'arbres qu'on peut rencontrer dans la ville commerçante. Ce sont des végétaux pétrifiés qui laissent tomber de leurs branches une odeur âcre et poussiéreuse. A Alger, les cimetières arabes ont la douceur que l'on sait. A Oran, au-dessus du ravin Ras-el-Aïn, face à la mer cette fois, ce sont, plaqués contre le ciel bleu, des champs de cailloux crayeux et friables où le soleil allume d'aveuglants incendies. Au milieu de ces ossements de la terre, un géranium pourpre, de loin en loin, donne sa vie et son sang frais au paysage. La ville entière s'est figée dans une gangue pierreuse. Vue des Planteurs, l'épaisseur des falaises qui l'enserrent est telle que le paysage devient irréel à force d'être minéral. L'homme en est proscrit. Tant de beauté pesante semble venir d'un autre monde.

Si l'on peut définir le désert un lieu sans âme où le ciel est seul roi, alors Oran attend ses prophètes. Tout autour et au-dessus de la ville, la nature brutale de l'Afrique est en effet parée de ses brûlants prestiges. Elle fait éclater le décor malencontreux dont on la couvre, elle pousse ses cris violents entre chaque maison et au-dessus de tous les toits. Si l'on monte sur une des routes, au flanc de la montagne de Santa-Cruz, ce qui apparaît d'abord, ce sont les cubes dispersés et coloriés d'Oran. Mais un peu plus haut, et déjà les falaises déchiquetées qui entourent le plateau s'accroupissent dans la mer comme des bêtes rouges. Un peu plus haut encore, et de grands tourbillons de soleil et de vent recouvrent, aèrent et confondent la ville débraillée, dispersée sans ordre aux quatre coins d'un paysage rocheux. Ce qui s'oppose ici, c'est la magnifique anarchie humaine et la permanence d'une mer toujours égale. Cela suffit pour que monte vers la route à flanc de coteau une bouleversante odeur de vie.

Le désert a quelque chose d'implacable. Le ciel minéral d'Oran, ses rues et ses arbres dans leur enduit de poussière, tout contribue à créer cet univers épais et impassible où le cœur et l'esprit ne sont jamais distraits d'eux-mêmes, ni

de leur seul objet qui est l'homme. Je parle ici
de retraites difficiles. On écrit des livres sur
Florence ou Athènes. Ces villes ont formé tant
d'esprits européens qu'il faut bien qu'elles aient
un sens. Elles gardent de quoi attendrir ou exalter. Elles apaisent une certaine faim de l'âme
dont l'aliment est le souvenir. Mais comment
s'attendrir sur une ville où rien ne sollicite l'esprit, où la laideur même est anonyme, où le
passé est réduit à rien? Le vide, l'ennui, un ciel
indifférent, quelles sont les séductions de ces
lieux? C'est sans doute la solitude et, peut-être,
la créature. Pour une certaine race d'hommes,
la créature, partout où elle est belle, est une
amère patrie. Oran est l'une de ses mille capitales.

LES JEUX

Le Central Sporting Club, rue du Fondouk,
à Oran, donne une soirée pugilistique dont il
affirme qu'elle sera appréciée par les vrais amateurs. En style clair, cela signifie que les boxeurs

à l'affiche sont loin d'être des vedettes, que quelques-uns d'entre eux montent sur le ring pour la première fois, et qu'en conséquence on peut compter, sinon sur la science, du moins sur le cœur des adversaires. Un Oranais m'ayant électrisé par la promesse formelle « qu'il y aurait du sang », je me trouve ce soir-là parmi les vrais amateurs.

Apparemment, ceux-ci ne réclament jamais de confort. On a, en effet, dressé un ring au fond d'une sorte de garage crépi à la chaux, couvert de tôle ondulée et violemment éclairé. Des chaises pliantes ont été rangées en carré autour des cordes. Ce sont les « rings d'honneur ». On a disposé des sièges dans la longueur, et, au fond de la salle, s'ouvre un vaste espace libre nommé promenoir, en raison du fait que pas une des cinq cents personnes qui s'y trouvent ne saurait tirer son mouchoir sans provoquer de graves accidents. Dans cette caisse rectangulaire respirent un millier d'hommes et deux ou trois femmes — de celles qui, selon mon voisin, tiennent toujours « à se faire remarquer ». Tout le monde sue férocement. En attendant les combats d' « espoirs », un gigantesque pick-up broie du Tino Rossi. C'est la romance avant le meurtre.

La patience d'un véritable amateur est sans

limites. La réunion annoncée pour vingt et une heures n'est pas encore commencée à vingt et une heure trente, et personne n'a protesté. Le printemps est chaud, l'odeur d'une humanité en manches de chemise exaltante. On discute ferme parmi les éclatements périodiques des bouchons de limonade et l'inlassable lamentation du chanteur corse. Quelques nouveaux arrivants sont encastrés dans le public, quand un projecteur fait pleuvoir une lumière aveuglante sur le ring. Les combats d'espoirs commencent.

Les espoirs, ou débutants, qui combattent pour le plaisir, ont toujours à cœur de le prouver en se massacrant d'urgence, au mépris de toute technique. Ils n'ont jamais pu durer plus de trois rounds. Le héros de la soirée à cet égard est le jeune « Kid Avion » qui, pour l'ordinaire, vend des billets de loterie aux terrasses des cafés. Son adversaire, en effet, a capoté malencontreusement hors du ring, au début du deuxième round, sous le choc d'un poing manié comme une hélice.

La foule s'est un peu animée, mais c'est encore une politesse. Elle respire avec gravité l'odeur sacrée de l'embrocation. Elle contemple ces successions de rites lents et de sacrifices désordonnés, rendus plus authentiques encore par les dessins propitiatoires, sur la blancheur du mur, des ombres combattantes. Ce sont les prologues cérémonieux d'une religion sauvage et calculée. La transe ne viendra que plus tard.

Et, justement, le pick-up annonce Amar, « le coriace Oranais qui n'a pas désarmé », contre Pérez, « le puncheur algérois ». Un profane interpréterait mal les hurlements qui accueillent la présentation des boxeurs sur le ring. Il imaginerait quelque combat sensationnel où les boxeurs auraient à vider une querelle personnelle, connue du public. Au vrai, c'est bien une querelle qu'ils vont vider. Mais il s'agit de celle qui, depuis cent ans, divise mortellement Alger et Oran. Avec un peu de recul dans les siècles, ces deux villes nord-africaines se seraient déjà saignées à blanc, comme le firent Pise et Florence en des temps plus heureux. Leur rivalité est d'autant plus forte qu'elle ne tient sans doute à rien. Ayant toutes les raisons de s'aimer, elles se détestent en proportion. Les Oranais accusent les Algérois de « chiqué ». Les Algérois laissent entendre que les Oranais n'ont pas l'usage du monde. Ce sont là des injures plus sanglantes qu'il n'apparaît, parce qu'elles sont métaphysiques. Et faute de pouvoir s'assiéger, Oran et Alger se rejoignent, luttent et s'injurient sur le terrain du sport, des statistiques et des grands travaux.

C'est donc une page d'histoire qui se déroule
sur le ring. Et le coriace Oranais, soutenu par
un millier de voix hurlantes, défend contre Pérez
une manière de vivre et l'orgueil d'une province.
La vérité oblige à dire qu'Amar mène mal sa
discussion. Son plaidoyer a un vice de forme :
il manque d'allonge. Celui du puncheur algérois,
au contraire, a la longueur voulue. Il porte avec
persuasion sur l'arcade sourcilière de son contra-
dicteur. L'Oranais pavoise magnifiquement, au
milieu des vociférations d'un public déchaîné.
Malgré les encouragements répétés de la galerie et de mon voisin, malgré les intrépides
« Crève-le », « Donne-lui de l'orge », les insi-
dieux « Coup bas », « Oh! l'arbitre, il a rien vu »,
les optimistes « Il est pompé », « Il en peut plus »,
l'Algérois est proclamé vainqueur aux points
sous d'interminables huées. Mon voisin, qui
parle volontiers d'esprit sportif, applaudit osten-
siblement, dans le temps où il me glisse d'une
voix éteinte par tant de cris : « Comme ça, il
ne pourra pas dire *là-bas* que les Oranais sont
des sauvages. »

Mais, dans la salle, des combats que le pro-
gramme ne comportait pas ont déjà éclaté. Des
chaises sont brandies, la police se fraye un chemin, l'exaltation est à son comble. Pour calmer
ces bons esprits et contribuer au retour du

silence, la « direction », sans perdre un instant,
charge le pick-up de vociférer *Sambre-et-Meuse*.
Pendant quelques minutes, la salle a grande
allure. Des grappes confuses de combattants et
d'arbitres bénévoles oscillent sous des poignes
d'agents, la galerie exulte et réclame la suite
par le moyen de cris sauvages, de cocoricos ou
de miaulements farceurs noyés dans le fleuve
irrésistible de la musique militaire.

Mais il suffit de l'annonce du grand combat
pour que le calme revienne. Cela se fait brusquement, sans fioritures, comme des acteurs
quittent le plateau, une fois la pièce finie. Avec
le plus grand naturel, les chapeaux sont épous-
setés, les chaises rangées, et tous les visages
revêtent sans transition l'expression bienveillante
du spectateur honnête qui a payé sa place pour
assister à un concert de famille.

Le dernier combat oppose un champion français de la marine à un boxeur oranais. Cette fois,
la différence d'allonge est au profit de ce dernier. Mais ses avantages, pendant les premiers
rounds, ne remuent pas la foule. Elle cuve son
excitation, elle se remet. Son souffle est encore
court. Si elle applaudit, la passion n'y est pas.
Elle siffle sans animosité. La salle se partage en
deux camps, il le faut bien pour la bonne règle.
Mais le choix de chacun obéit à cette indiffé-

rence qui suit les grandes fatigues. Si le Français « tient », si l'Oranais oublie qu'on n'attaque
pas avec la tête, le boxeur est courbé par une
bordée de sifflets, mais aussitôt redressé par une
salve d'applaudissements. Il faut arriver au sep-
tième round pour que le sport revienne à la surface, dans le même temps où les vrais amateurs
commencent à émerger de leur fatigue. Le Français, en effet, est allé au tapis et, désireux de
regagner des points, s'est rué sur son adversaire. « Ça y est, a dit mon voisin, ça va être
la corrida. » En effet, c'est la corrida. Couverts
de sueur sous l'éclairage implacable, les deux
boxeurs ouvrent leur garde, tapent en fermant
les yeux, poussent des épaules et des genoux,
échangent leur sang et reniflent de fureur. Du
même coup, la salle s'est dressée et scande les
efforts de ses deux héros. Elle reçoit les coups,
les rend, les fait retentir en mille voix sourdes
et haletantes. Les mêmes qui avaient choisi leur
favori dans l'indifférence se tiennent dans leur
choix par entêtement, et s'y passionnent. Toutes
les dix secondes, un cri de mon voisin pénètre
dans mon oreille droite : « Vas-y, col bleu, allez,
marine! » pendant qu'un spectateur devant nous
hurle à l'Oranais : « Anda! hombre! » L'homme
et le col bleu y vont et, avec eux, dans ce temple
de chaux, de tôle et de ciment, une salle tout

entière livrée à des dieux au front bas. Chaque
coup qui sonne mat sur les pectoraux luisants
retentit en vibrations énormes dans le corps
même de la foule qui fournit avec les boxeurs
son dernier effort.

Dans cette atmosphère, le match nul est mal
accueilli. Il contrarie dans le public, en effet,
une sensibilité toute manichéenne. Il y a le bien
et le mal, le vainqueur et le vaincu. Il faut
avoir raison si l'on n'a pas tort. La conclusion
de cette logique impeccable est immédiatement
fournie par deux mille poumons énergiques qui
accusent les juges d'être vendus, ou achetés.
Mais le col bleu est allé embrasser son adversaire
sur le ring et boit sa sueur fraternelle. Cela suffit
pour que la salle, immédiatement retournée,
éclate en applaudissements. Mon voisin a raison :
ce ne sont pas des sauvages.

La foule qui s'écoule au-dehors, sous un ciel
plein de silence et d'étoiles, vient de livrer le
plus épuisant des combats. Elle se tait, disparaît
furtivement, sans forces pour l'exégèse. Il y a
le bien et le mal, cette religion est sans merci.
La cohorte des fidèles n'est plus qu'une assemblée
d'ombres noires et blanches qui disparaît dans
la nuit. C'est que la force et la violence sont
des dieux solitaires. Ils ne donnent rien au
souvenir. Ils distribuent, au contraire, leurs

miracles à pleines poignées dans le présent. Ils
sont à la mesure de ce peuple sans passé qui
célèbre ses communions autour des rings. Ce
sont des rites un peu difficiles, mais qui sim-
plifient tout. Le bien et le mal, le vainqueur et
le vaincu : à Corinthe, deux temples voisinaient,
celui de la Violence et celui de la Nécessité.

LES MONUMENTS

Pour bien des raisons qui tiennent autant à
l'économie qu'à la métaphysique, on peut dire
que le style oranais, s'il en est un, s'est illustré
avec force et clarté dans le singulier édifice
appelé Maison du Colon. De monuments, Oran
ne manque guère. La ville a son compte de
maréchaux d'Empire, de ministres et de bien-
faiteurs locaux. On les rencontre sur des petites
places poussiéreuses, résignés à la pluie comme
au soleil, convertis eux aussi à la pierre et à
l'ennui. Mais ils représentent cependant des
apports extérieurs. Dans cette heureuse barbarie,
ce sont les marques regrettables de la civilisation.

Oran, au contraire, s'est élevé à elle-même ses autels et ses rostres. En plein cœur de la ville commerçante, ayant à construire une maison commune pour les innombrables organismes agricoles qui font vivre ce pays, les Oranais ont médité d'y bâtir, dans le sable et la chaux, une image convaincante de leurs vertus : la Maison du Colon. Si l'on en juge par l'édifice, ces vertus sont au nombre de trois : la hardiesse dans le goût, l'amour de la violence, et le sens des synthèses historiques. L'Égypte, Byzance et Munich ont collaboré à la délicate construction d'une pâtisserie figurant une énorme coupe renversée. Des pierres multicolores, du plus vigoureux effet, sont venues encadrer le toit. La vivacité de ces mosaïques est si persuasive qu'au premier abord on ne voit rien, qu'un éblouissement informe. Mais de plus près, et l'attention éveillée, on voit qu'elles ont un sens : un gracieux colon, à nœud papillon et à casque de liège blanc, y reçoit l'hommage d'un cortège d'esclaves vêtus à l'antique *. L'édifice et ses enluminures ont été enfin placés au milieu d'un carrefour, dans le va-et-vient des petits tramways à nacelle dont la saleté est un des charmes de la ville.

* Une autre des qualités de la race algérienne est, on le voit, la franchise.

Oran tient beaucoup d'autre part aux deux lions de sa place d'Armes. Depuis 1888, ils trônent de chaque côté de l'escalier municipal. Leur auteur s'appelait Caïn. Ils ont de la majesté et le torse court. On raconte que, la nuit, ils descendent l'un après l'autre de leur socle, tournent silencieusement autour de la place obscure, et, à l'occasion, urinent longuement sous les grands ficus poussiéreux. Ce sont, bien entendu, des on-dit auxquels les Oranais prêtent une oreille complaisante. Mais cela est invraisemblable.

Malgré quelques recherches, je n'ai pu me passionner pour Caïn. J'ai seulement appris qu'il avait la réputation d'un animalier adroit. Cependant, je pense souvent à lui. C'est une pente d'esprit qui vous vient à Oran. Voici un artiste au nom sonore qui a laissé ici une œuvre sans importance. Plusieurs centaines de milliers d'hommes sont familiarisés avec les fauves débonnaires qu'il a placés devant une mairie prétentieuse. C'est une façon comme une autre de réussir en art. Sans doute, ces deux lions, comme des milliers d'œuvres du même genre, témoignent de tout autre chose que de talent. On a pu faire la « Ronde de Nuit », « saint François recevant les stigmates », « David » ou « l'Exaltation de la Fleur ». Caïn, lui, a dressé

deux mufles hilares sur la place d'une province
commerçante, outre-mer. Mais le David croulera
un jour avec Florence et les lions seront peut-
être sauvés du désastre. Encore une fois, ils
témoignent d'autre chose.

Peut-on préciser cette idée? Il y a dans cette
œuvre de l'insignifiance et de la solidité. L'esprit
n'y est pour rien et la matière pour beaucoup.
La médiocrité veut durer par tous les moyens,
y compris le bronze. On lui refuse ses droits
à l'éternité et elle les prend tous les jours.
N'est-ce pas elle, l'éternité? En tout cas, cette
persévérance a de quoi émouvoir, et elle porte
sa leçon, celle de tous les monuments d'Oran
et d'Oran elle-même. Une heure par jour, une
fois parmi d'autres, elle vous force à porter
attention à ce qui n'a pas d'importance. L'esprit
trouve profit à ces retours. C'est un peu son
hygiène, et, puisqu'il lui faut absolument ses
moments d'humilité, il me semble que cette
occasion de s'abêtir est meilleure que d'autres.
Tout ce qui est périssable désire durer. Disons
donc que tout veut durer. Les œuvres humaines
ne signifient rien d'autre et, à cet égard, les
lions de Caïn ont les mêmes chances que les
ruines d'Angkor. Cela incline à la modestie.

Il est d'autres monuments oranais. Ou du
moins, il faut bien leur donner ce nom puisque

eux aussi témoignent pour leur ville, et de façon plus significative peut-être. Ce sont les grands travaux qui recouvrent actuellement la côte sur une dizaine de kilomètres. En principe, il s'agit de transformer la plus lumineuse des baies en un port gigantesque. En fait, c'est encore une occasion pour l'homme de se confronter avec la pierre.

Dans les tableaux de certains maîtres flamands on voit revenir avec insistance un thème d'une ampleur admirable : la construction de la Tour de Babel. Ce sont des paysages démesurés, des roches qui escaladent le ciel, des escarpements où foisonnent ouvriers, bêtes, échelles, machines étranges, cordes, traits. L'homme, d'ailleurs, n'est là que pour faire mesurer la grandeur inhumaine du chantier. C'est à cela qu'on pense sur la corniche oranaise, à l'ouest de la ville.

Accrochés à d'immenses pentes, des rails, des wagonnets, des grues, des trains minuscules... Au milieu d'un soleil dévorant, des locomotives pareilles à des jouets contournent d'énormes blocs parmi les sifflets, la poussière et la fumée. Jour et nuit, un peuple de fourmis s'activent sur la carcasse fumante de la montagne. Pendus le long d'une même corde contre le flanc de la falaise, des dizaines d'hommes, le ventre appuyé aux poignées des défonceuses automatiques, tressaillent dans le vide à longueur de journée, et détachent des pans entiers de rochers qui croulent dans la pousière et les grondements. Plus loin, des wagonnets se renversent au-dessus des pentes, et les rochers, déversés brusquement vers la mer, s'élancent et roulent dans l'eau, chaque gros bloc suivi d'une volée de pierres plus légères. A intervalles réguliers, dans le cœur de la nuit, en plein jour, des détonations ébranlent toute la montagne et soulèvent la mer elle-même.

L'homme, au milieu de ce chantier, attaque la pierre de front. Et si l'on pouvait oublier, un instant au moins, le dur esclavage qui rend possible ce travail, il faudrait admirer. Ces pierres, arrachées à la montagne, servent l'homme dans ses desseins. Elles s'accumulent sous les premières vagues, émergent peu à peu et s'ordonnent enfin suivant une jetée, bientôt couverte d'hommes et de machines, qui avancent jour après jour, vers le large. Sans désemparer, d'énormes mâchoires d'acier fouillent le ventre de la falaise, tournent sur elles-mêmes, et viennent dégorger dans l'eau leur trop-plein de pierrailles. A mesure que le front de la corniche s'abaisse, la côte entière gagne irrésistiblement sur la mer.

Bien sûr, détruire la pierre n'est pas possible.

On la change seulement de place. De toute
façon, elle durera plus que les hommes qui s'en
servent. Pour le moment, elle appuie leur volonté
d'action. Cela même sans doute est inutile. Mais
changer les choses de place, c'est le travail des
hommes : il faut choisir de faire cela ou rien *.
Visiblement, les Oranais ont choisi. Devant cette
baie indifférente, pendant des années encore,
ils entasseront des amas de cailloux le long de
la côte. Dans cent ans, c'est-à-dire demain, il
faudra recommencer. Mais aujourd'hui ces amon-
cellements de rochers témoignent pour les
hommes au masque de poussière et de sueur
qui circulent au milieu d'eux. Les vrais monuments d'Oran, ce sont encore ses pierres.

LA PIERRE D'ARIANE

Il semble que les Oranais soient comme cet
ami de Flaubert qui, au moment de mourir,

---

* Cet essai traite d'une certaine tentation. Il faut l'avoir
connue. On peut ensuite agir, ou non, mais en connaissance
de cause.

jetant un dernier regard sur cette terre irrem-
plaçable, s'écriait : « Fermez la fenêtre, c'est
trop beau. » Ils ont fermé la fenêtre, ils se sont
emmurés, ils ont exorcisé le paysage. Mais le
Poittevin est mort, et, après lui, les jours ont
continué de rejoindre les jours. De même, au-
delà des murs jaunes d'Oran, la mer et la terre
poursuivent leur dialogue indifférent. Cette permanence dans le monde a toujours eu pour
l'homme des prestiges opposés. Elle le désespère
et l'exalte. Le monde ne dit jamais qu'une
seule chose, et il intéresse, puis il lasse. Mais,
à la fin, il l'emporte à force d'obstination. Il
a toujours raison.

Déjà, aux portes mêmes d'Oran, la nature
hausse le ton. Du côté de Canastel, ce sont
d'immenses friches, couvertes de broussailles
odorantes. Le soleil et le vent n'y parlent que
de solitude. Au-dessus d'Oran, c'est la montagne
de Santa Cruz, le plateau et les mille ravins
qui y mènent. Des routes, jadis carrossables,
s'accrochent au flanc des coteaux qui dominent
la mer. Au mois de janvier, certaines sont
couvertes de fleurs. Pâquerettes et boutons d'or
en font des allées fastueuses, brodées de jaune
et de blanc. De Santa Cruz, tout a été dit. Mais
si j'avais à en parler, j'oublierais les cortèges
sacrés qui gravissent la dure colline, aux grandes

fêtes, pour évoquer d'autres pèlerinages. Solitaires, ils cheminent dans la pierre rouge, s'élèvent au-dessus de la baie immobile, et viennent consacrer au dénuement une heure lumineuse et parfaite.

Oran a aussi ses déserts de sable : ses plages. Celles qu'on rencontre, tout près des portes, ne sont solitaires qu'en hiver et au printemps. Ce sont alors des plateaux couverts d'asphodèles, peuplés de petites villas nues, au milieu des fleurs. La mer gronde un peu, en contrebas. Déjà pourtant, le soleil, le vent léger, la blancheur des asphodèles, le bleu cru du ciel, tout laisse imaginer l'été, la jeunesse dorée qui couvre alors la plage, les longues heures sur le sable et la douceur subite des soirs. Chaque année, sur ces rivages, c'est une nouvelle moisson de filles fleurs. Apparemment, elles n'ont qu'une saison. L'année suivante, d'autres corolles chaleureuses les remplacent qui, l'été d'avant, étaient encore des petites filles aux corps durs comme des bourgeons. A onze heures du matin, descendant du plateau, toute cette jeune chair, à peine vêtue d'étoffes bariolées, déferle sur le sable comme une vague multicolore.

Il faut aller plus loin (singulièrement près, cependant, de ce lieu où deux cent mille hommes tournent en rond) pour découvrir un paysage

toujours vierge : de longues dunes désertes où
le passage des hommes n'a laissé d'autres traces
qu'une cabane vermoulue. De loin en loin, un
berger arabe fait avancer sur le sommet des
dunes les taches noires et beiges de son troupeau
de chèvres. Sur ces plages d'Oranie, tous les
matins d'été ont l'air d'être les premiers du
monde. Tous les crépuscules semblent être les
derniers, agonies solennelles annoncées au coucher du soleil par une dernière lumière qui fonce
toutes les teintes. La mer est outremer, la route
couleur de sang caillé, la plage jaune. Tout
disparaît avec le soleil vert; une heure plus tard,
les dunes ruissellent de lune. Ce sont alors des
nuits sans mesure sous une pluie d'étoiles. Des
orages les traversent parfois, et les éclairs
coulent le long des dunes, pâlissent le ciel,
mettent sur le sable et dans les yeux des lueurs
orangées.

Mais ceci ne peut se partager. Il faut l'avoir
vécu. Tant de solitude et de grandeur donne à
ces lieux un visage inoubliable. Dans la petite
aube tiède, passé les premières vagues encore
noires et amères, c'est un être neuf qui fend
l'eau, si lourde à porter, de la nuit. Le souvenir
de ces joies ne me les fait pas regretter et je
reconnais ainsi qu'elles étaient bonnes. Après
tant d'années, elles durent encore, quelque part

dans ce cœur aux fidélités pourtant difficiles.
Et je sais qu'aujourd'hui, sur la dune déserte, si
je veux m'y rendre, le même ciel déversera
encore sa cargaison de souffles et d'étoiles. Ce
sont ici les terres de l'innocence.

Mais l'innocence a besoin du sable et des
pierres. Et l'homme a désappris d'y vivre. Il
faut le croire du moins, puisqu'il s'est retran-
ché dans cette ville singulière où dort l'ennui.
Cependant, c'est cette confrontation qui fait le
prix d'Oran. Capitale de l'ennui, assiégée par
l'innocence et la beauté, l'armée qui l'enserre a
autant de soldats que de pierres. Dans la ville,
et à certaines heures, pourtant, quelle tentation
de passer à l'ennemi! quelle tentation de s'identifier à ces pierres, de se confondre avec cet univers brûlant et impassible qui défie l'histoire
et ses agitations! Cela est vain sans doute. Mais
il y a dans chaque homme un instinct profond
qui n'est ni celui de la destruction ni celui de la
création. Il s'agit seulement de ne ressembler à
rien. A l'ombre des murs chauds d'Oran, sur
son asphalte poussiéreux, on entend parfois cette
invitation. Il semble que, pour un temps, les
esprits qui y cèdent ne soient jamais frustrés.
Ce sont les ténèbres d'Eurydice et le sommeil
d'Isis. Voici les déserts où la pensée va se
reprendre, la main fraîche du soir sur un cœur

agité. Sur cette Montagne des Oliviers, la veille
est inutile; l'esprit rejoint et approuve les
Apôtres endormis. Avaient-ils vraiment tort?
Ils ont eu tout de même leur révélation.

Pensons à Çakya-Mouni au désert. Il y
demeura de longues années, accroupi, immobile
et les yeux au ciel. Les dieux eux-mêmes lui
enviaient cette sagesse et ce destin de pierre.
Dans ses mains tendues et raidies, les hirondelles avaient fait leur nid. Mais, un jour, elles
s'envolèrent à l'appel de terres lointaines. Et
celui qui avait tué en lui désir et volonté, gloire
et douleur, se mit à pleurer. Il arrive ainsi que
des fleurs poussent sur le rocher. Oui, consentons
à la pierre quand il le faut. Ce secret et ce trans-
port que nous demandons aux visages, elle peut
aussi nous les donner. Sans doute, cela ne saurait
durer. Mais qu'est-ce donc qui peut durer? Le
secret des visages s'évanouit et nous voilà
relancés dans la chaîne des désirs. Et si la pierre
ne peut pas plus pour nous que le cœur humain,
elle peut du moins juste autant.

« N'être rien! » Pendant des millénaires, ce
grand cri a soulevé des millions d'hommes en
révolte contre le désir et la douleur. Ses échos
sont venus mourir jusqu'ici, à travers les siècles
et les océans, sur la mer la plus vieille du monde.
Ils rebondissent encore sourdement contre les

falaises compactes d'Oran. Tout le monde, dans
ce pays, suit, sans le savoir, ce conseil. Bien
entendu, c'est à peu près en vain. Le néant ne
s'atteint pas plus que l'absolu. Mais puisque
nous recevons, comme autant de grâces, les
signes éternels que nous apportent les roses ou
la souffrance humaine, ne rejetons pas non plus
les rares invitations au sommeil que nous dispense la terre. Les unes ont autant de vérité
que les autres.

Voilà, peut-être, le fil d'Ariane de cette ville
somnambule et frénétique. On y apprend les
vertus, toutes provisoires, d'un certain ennui.
Pour être épargné, il faut dire « oui » au Minotaure. C'est une vieille et féconde sagesse. Au-
dessus de la mer, silencieuse au pied des falaises
rouges, il suffit de se tenir dans un juste équilibre, à mi-distance des deux caps massifs qui,
à droite et à gauche, baignent dans l'eau claire.
Dans le halètement d'un garde-côte, qui rampe
sur l'eau du large, baigné de lumière radieuse,
on entend distinctement alors l'appel étouffé
de forces inhumaines et étincelantes : c'est
l'adieu du Minotaure.

Il est midi, le jour lui-même est en balance.
Son rite accompli, le voyageur reçoit le prix de
sa délivrance : la petite pierre, sèche et douce
comme un asphodèle, qu'il ramasse sur la

falaise. Pour l'initié, le monde n'est pas plus
lourd à porter que cette pierre. La tâche d'Atlas
est facile, il suffit de choisir son heure. On
comprend alors que pour une heure, un mois, un
an, ces rivages peuvent se prêter à la liberté. Ils
accueillent pêle-mêle, et sans les regarder, le
moine, le fonctionnaire ou le conquérant. Il y
a des jours où j'attendais de rencontrer, dans
les rues d'Oran, Descartes ou César Borgia.
Cela n'est pas arrivé. Mais un autre sera peut-
être plus heureux. Une grande action, une grande
œuvre, la méditation virile demandaient autrefois la solitude des sables ou du couvent. On y
menait les veillées d'armes de l'esprit. Où les
célébrerait-on mieux maintenant que dans le
vide d'une grande ville installée pour longtemps
dans la beauté sans esprit?

Voici la petite pierre, douce comme un asphodèle. Elle est au commencement de tout. Les
fleurs, les larmes (si on y tient), les départs et
les luttes sont pour demain. Au milieu de la
journée, quand le ciel ouvre ses fontaines de
lumière dans l'espace immense et sonore, tous
les caps de la côte ont l'air d'une flottille en
partance. Ces lourds galions de roc et de lumière
tremblent sur leurs quilles, comme s'ils se pré-
paraient à cingler vers des îles de soleil. O
matins d'Oranie! Du haut des plateaux, les

hirondelles plongent dans d'immenses cuves où l'air bouillonne. La côte entière est prête au départ, un frémissement d'aventure la parcourt. Demain, peut-être, nous partirons ensemble.

(1939.)

LES AMANDIERS

« Savez-vous, disait Napoléon à Fontanes, ce que j'admire le plus au monde? C'est l'impuissance de la force à fonder quelque chose. Il n'y a que deux puissances au monde : le sabre et l'esprit. A la longue le sabre est toujours vaincu par l'esprit. »

Les conquérants, on le voit, sont quelquefois mélancoliques. Il faut bien payer un peu le prix de tant de vaine gloire. Mais ce qui était vrai, il y a cent ans, pour le sabre, ne l'est plus autant, aujourd'hui, pour le tank. Les conquérants ont marqué des points et le morne silence des lieux sans esprit s'est établi pendant des années sur une Europe déchirée. Au temps des hideuses guerres des Flandres, les peintres hollandais pouvaient peut-être peindre les coqs de leurs basses-cours. On a oublié de même la guerre de Cent Ans et, cependant, les oraisons des mystiques silésiens habitent encore quelques cœurs. Mais aujourd'hui les choses ont changé, le peintre

et le moine sont mobilisés : nous sommes soli-
daires de ce monde. L'esprit a perdu cette
royale assurance qu'un conquérant savait lui
reconnaître; il s'épuise maintenant à maudire
la force, faute de savoir la maîtriser.

De bonnes âmes vont disant que cela est un
mal. Nous ne savons pas si cela est un mal, mais
nous savons que cela est. La conclusion est qu'il
faut s'en arranger. Il suffit alors de connaître
ce que nous voulons. Et ce que nous voulons
justement c'est ne plus jamais nous incliner
devant le sabre, ne plus jamais donner raison à
la force qui ne se met pas au service de l'esprit.

C'est une tâche, il est vrai, qui n'a pas de fin.
Mais nous sommes là pour la continuer. Je ne
crois pas assez à la raison pour souscrire au progrès, ni à aucune philosophie de l'Histoire. Je
crois du moins que les hommes n'ont jamais
cessé d'avancer dans la conscience qu'ils pre-
naient de leur destin. Nous n'avons pas sur-
monté notre condition, et cependant nous la
connaissons mieux. Nous savons que nous
sommes dans la contradiction, mais que nous
devons refuser la contradiction et faire ce qu'il
faut pour la réduire. Notre tâche d'homme est
de trouver les quelques formules qui apaiseront
l'angoisse infinie des âmes libres. Nous avons
à recoudre ce qui est déchiré, à rendre la jus-

tice imaginable dans un monde si évidemment
injuste, le bonheur significatif pour des peuples
empoisonnés par le malheur du siècle. Naturellement, c'est une tâche surhumaine. Mais on
appelle surhumaines les tâches que les hommes
mettent longtemps à accomplir, voilà tout.

Sachons donc ce que nous voulons, restons
fermes sur l'esprit, même si la force prend pour
nous séduire le visage d'une idée ou du confort.
La première chose est de ne pas désespérer.
N'écoutons pas trop ceux qui crient à la fin du
monde. Les civilisations ne meurent pas si aisé-
ment et même si ce monde devait crouler, ce
serait après d'autres. Il est bien vrai que nous
sommes dans une époque tragique. Mais trop de
gens confondent le tragique et le désespoir. « Le
tragique, disait Lawrence, devrait être comme
un grand coup de pied donné au malheur. » Voilà
une pensée saine et immédiatement applicable.
Il y a beaucoup de choses aujourd'hui qui
méritent ce coup de pied.

Quand j'habitais Alger, je patientais toujours
dans l'hiver parce que je savais qu'en une nuit,
une seule nuit froide et pure de février, les aman-
diers de la vallée des Consuls se couvriraient de
fleurs blanches. Je m'émerveillais de voir ensuite
cette neige fragile résister à toutes les pluies et
au vent de la mer. Chaque année, pourtant, elle

persistait, juste ce qu'il fallait pour préparer le fruit.

Ce n'est pas là un symbole. Nous ne gagnerons pas notre bonheur avec des symboles. Il y faut plus de sérieux. Je veux dire seulement que parfois, quand le poids de la vie devient trop lourd dans cette Europe encore toute pleine de son malheur, je me retourne vers ces pays éclatants où tant de forces sont encore intactes. Je les connais trop pour ne pas savoir qu'ils sont la terre d'élection où la contemplation et le courage peuvent s'équilibrer. La méditation de leur exemple m'enseigne alors que si l'on veut sauver l'esprit, il faut ignorer ses vertus gémissantes et exalter sa force et ses prestiges. Ce monde est empoisonné de malheurs et semble s'y complaire. Il est tout entier livré à ce mal que Nietzsche appelait l'esprit de lourdeur. N'y prêtons pas la main. Il est vain de pleurer sur l'esprit, il suffit de travailler pour lui.

Mais où sont les vertus conquérantes de l'esprit? Le même Nietzsche les a énumérées comme les ennemis mortels de l'esprit de lourdeur. Pour lui, ce sont la force de caractère, le goût, le « monde », le bonheur classique, la dure fierté, la froide frugalité du sage. Ces vertus, plus que jamais, sont nécessaires et chacun peut choisir celle qui lui convient. Devant l'énormité de la partie engagée, qu'on n'oublie pas en tout cas la force de caractère. Je ne parle pas de celle qui s'accompagne sur les estrades électorales de froncements de sourcils et de menaces. Mais de celle qui résiste à tous les vents de la mer par la vertu de la blancheur et de la sève. C'est elle qui, dans l'hiver du monde, préparera le fruit.

(1940.)

Il me semblait qu'il manquait quelque chose à la divinité tant qu'il n'existait rien à lui opposer.

Lucien,
Prométhée au Caucase.

PROMÉTHÉE
AUX
ENFERS

Que signifie Prométhée pour l'homme d'aujourd'hui? On pourrait dire sans doute que ce
révolté dressé contre les dieux est le modèle de
l'homme contemporain et que cette protestation élevée, il y a des milliers d'années, dans les
déserts de la Scythie, s'achève aujourd'hui dans
une convulsion historique qui n'a pas son égale.
Mais, en même temps, quelque chose nous dit
que ce persécuté continue de l'être parmi nous
et que nous sommes encore sourds au grand cri de
la révolte humaine dont il donne le signal solitaire.

L'homme d'aujourd'hui est en effet celui qui
souffre par masses prodigieuses sur l'étroite surface de cette terre, l'homme privé de feu et de
nourriture pour qui la liberté n'est qu'un luxe
qui peut attendre; et il n'est encore question
pour cet homme que de souffrir un peu plus,
comme il ne peut être question pour la liberté
et ses derniers témoins que de disparaître un

peu plus. Prométhée, lui, est ce héros qui aima
assez les hommes pour leur donner en même
temps le feu et la liberté, les techniques et les
arts. L'humanité, aujourd'hui, n'a besoin et ne
se soucie que de techniques. Elle se révolte dans
ses machines, elle tient l'art et ce qu'il suppose
pour un obstacle et un signe de servitude. Ce
qui caractérise Prométhée, au contraire, c'est
qu'il ne peut séparer la machine de l'art. Il pense
qu'on peut libérer en même temps les corps et
les âmes. L'homme actuel croit qu'il faut d'abord
libérer le corps, même si l'esprit doit mourir pro-
visoirement. Mais l'esprit peut-il mourir provi-
soirement? En vérité, si Prométhée revenait, les
hommes d'aujourd'hui feraient comme les dieux
d'alors : ils le cloueraient au rocher, au nom
même de cet humanisme dont il est le premier
symbole. Les voix ennemies qui insulteraient
alors le vaincu seraient les mêmes qui reten-
tissent au seuil de la tragédie eschylienne : celles
de la Force et de la Violence.

Est-ce que je cède au temps avare, aux arbres
nus, à l'hiver du monde? Mais cette nostalgie
même de lumière me donne raison : elle me
parle d'un autre monde, ma vraie patrie. A-t-elle
du sens encore pour quelques hommes? L'année
de la guerre, je devais m'embarquer pour refaire
le périple d'Ulysse. A cette époque, même un

jeune homme pauvre pouvait former le projet
somptueux de traverser une mer à la rencontre
de la lumière. Mais j'ai fait alors comme chacun.
Je ne me suis pas embarqué. J'ai pris ma place
dans la file qui piétinait devant la porte ouverte
de l'enfer. Peu à peu, nous y sommes entrés. Et
au premier cri de l'innocence assassinée, la porte
a claqué derrière nous. Nous étions dans l'enfer,
nous n'en sommes plus jamais sortis. Depuis six
longues années, nous essayons de nous en arranger. Les fantômes chaleureux des îles fortunées
ne nous apparaissent plus qu'au fond d'autres
longues années, encore à venir, sans feu ni soleil.

Dans cette Europe humide et noire, comment
alors ne pas recevoir avec un tremblement de
regret et de difficile complicité, ce cri du vieux
Chateaubriand à Ampère partant en Grèce :
« Vous n'aurez retrouvé ni une feuille des oliviers ni un grain des raisins que j'ai vus dans
l'Attique. Je regrette jusqu'à l'herbe de mon
temps. Je n'ai pas eu la force de faire vivre une
bruyère. » Et nous aussi, enfoncés, malgré notre
jeune sang, dans la terrible vieillesse de ce dernier siècle, nous regrettons parfois l'herbe de
tous les temps, la feuille de l'olivier que nous
n'irons plus voir pour elle-même, et les raisins
de la liberté. L'homme est partout, partout ses
cris, sa douleur et ses menaces. Entre tant de

créatures assemblées, il n'y a plus de place pour les grillons. L'histoire est une terre stérile où la bruyère ne pousse pas. L'homme d'aujourd'hui a choisi l'histoire cependant et il ne pouvait ni ne devait s'en détourner. Mais au lieu de se l'asservir, il consent tous les jours un peu plus à en être l'esclave. C'est ici qu'il trahit Prométhée, ce fils « aux pensers hardis et au cœur léger ». C'est ici qu'il retourne à la misère des hommes que Prométhée voulut sauver. « Ils voyaient sans voir, ils écoutaient sans entendre, pareils aux formes des songes... »

Oui, il suffit d'un soir de Provence, d'une colline parfaite, d'une odeur de sel, pour apercevoir que tout est encore à faire. Nous avons à réinventer le feu, à réinstaller les métiers pour apaiser la faim du corps. L'Attique, la liberté et ses vendanges, le pain de l'âme sont pour plus tard. Qu'y pouvons-nous, sinon nous crier à nous-mêmes : « Ils ne seront plus jamais ou ils seront pour d'autres », et faire ce qu'il faut pour que ces autres au moins ne soient pas frustrés. Nous qui sentons cela avec douleur, et qui essayons cependant de le prendre d'un cœur sans amertume, sommes-nous donc en retard ou sommes-nous en avance, et aurons-nous la force de faire revivre les bruyères ?

A cette question qui s'élève dans le siècle, on

imagine la réponse de Prométhée. En vérité, il l'a déjà prononcée : « Je vous promets la réforme et la réparation, ô mortels, si vous êtes assez habiles, assez vertueux, assez forts pour les opérer de vos mains. » S'il est donc vrai que le salut est dans nos mains, à l'interrogation du siècle je répondrai oui à cause de cette force réfléchie et de ce courage renseigné que je sens toujours dans quelques hommes que je connais. « O justice, ô ma mère, s'écrie Prométhée, tu vois ce qu'on me fait souffrir. » Et Hermès raille le héros : « Je suis étonné qu'étant devin, tu n'aies pas prévu le supplice que tu subis. — Je le savais », répond le révolté. Les hommes dont je parle sont eux aussi les fils de la justice. Eux aussi souffrent du malheur de tous, en connaissance de cause. Ils savent justement qu'il n'est pas de justice aveugle, que l'histoire est sans yeux et qu'il faut donc rejeter sa justice pour lui substituer, autant qu'il se peut, celle que l'esprit conçoit. C'est ici que Prométhée rentre à nouveau dans notre siècle.

Les mythes n'ont pas de vie par eux-mêmes. Ils attendent que nous les incarnions. Qu'un seul homme au monde réponde à leur appel, et ils nous offrent leur sève intacte. Nous avons à préserver celui-ci et faire que son sommeil ne soit point mortel pour que la résurrection devienne

possible. Je doute parfois qu'il soit permis de
sauver l'homme d'aujourd'hui. Mais il est encore
possible de sauver les enfants de cet homme dans
leur corps et dans leur esprit. Il est possible de
leur offrir en même temps les chances du bonheur
et celles de la beauté. Si nous devons nous résigner à vivre sans la beauté et la liberté qu'elle
signifie, le mythe de Prométhée est un de ceux
qui nous rappelleront que toute mutilation de
l'homme ne peut être que provisoire et qu'on ne
sert rien de l'homme si on ne le sert pas tout
entier. S'il a faim de pain et de bruyère, et s'il
est vrai que le pain est le plus nécessaire, appre-
nons à préserver le souvenir de la bruyère. Au
cœur le plus sombre de l'histoire, les hommes
de Prométhée, sans cesser leur dur métier, gar-
deront un regard sur la terre, et sur l'herbe
inlassable. Le héros enchaîné maintient dans la
foudre et le tonnerre divins sa foi tranquille en
l'homme. C'est ainsi qu'il est plus dur que son
rocher et plus patient que son vautour. Mieux
que la révolte contre les dieux, c'est cette longue
obstination qui a du sens pour nous. Et cette
admirable volonté de ne rien séparer ni exclure
qui a toujours réconcilié et réconciliera encore
le cœur douloureux des hommes et les printemps du monde.

(1946.)

PETIT GUIDE
POUR DES
VILLES SANS PASSÉ

La douceur d'Alger est plutôt italienne.
L'éclat cruel d'Oran a quelque chose d'espagnol.
Perchée sur un rocher au-dessus des gorges du
Rummel, Constantine fait penser à Tolède. Mais
l'Espagne et l'Italie regorgent de souvenirs,
d'œuvres d'art et de vestiges exemplaires. Mais
Tolède a eu son Greco et son Barrès. Les cités
dont je parle au contraire sont des villes sans
passé. Ce sont donc des villes sans abandon,
et sans attendrissement. Aux heures d'ennui
qui sont celles de la sieste, la tristesse y est
implacable et sans mélancolie. Dans la lumière
des matins ou le luxe naturel des nuits, la joie
est au contraire sans douceur. Ces villes n'offrent
rien à la réflexion et tout à la passion. Elles ne
sont faites ni pour la sagesse ni pour les nuances
du goût. Un Barrès et ceux qui lui ressemblent
y seraient broyés.

Les voyageurs de la passion (celle des autres),

les intelligences trop nerveuses, les esthètes et les nouveaux mariés n'ont rien à gagner à ce voyage algérien. Et, à moins d'une vocation absolue, on ne saurait recommander à personne de s'y retirer pour toujours. Quelquefois, à Paris, à des gens que j'estime et qui m'interrogent sur l'Algérie, j'ai envie de crier : « N'allez pas là-bas. » Cette plaisanterie aurait sa part de vérité. Car je vois bien ce qu'ils en attendent et qu'ils n'en obtiendront pas. Et je sais, en même temps, les prestiges et le pouvoir sournois de ce pays, la façon insinuante dont il retient ceux qui s'y attardent, dont il les immobilise, les prive d'abord de questions et les endort pour finir dans la vie de tous les jours. La révélation de cette lumière, si éclatante qu'elle en devient noire et blanche, a d'abord quelque chose de suffocant. On s'y abandonne, on s'y fixe et puis on s'aperçoit que cette trop longue splendeur ne donne rien à l'âme et qu'elle n'est qu'une jouissance démesurée. On voudrait alors revenir vers l'esprit. Mais les hommes de ce pays, c'est là leur force, ont apparemment plus de cœur que d'esprit. Ils peuvent être vos amis (et alors quels amis!), mais ils ne seront pas vos confidents. C'est une chose qu'on jugera peut-être redoutable dans ce Paris où se fait une si grande dépense d'âme et où l'eau des confi-

dences coule à petit bruit, interminablement,
parmi les fontaines, les statues et les jardins.

C'est à l'Espagne que cette terre ressemble
le plus. Mais l'Espagne sans la tradition ne serait
qu'un beau désert. Et à moins de s'y trouver
par les hasards de la naissance, il n'y a qu'une
certaine race d'hommes qui puisse songer à se
retirer au désert pour toujours. Étant né dans
ce désert, je ne puis songer en tout cas à en parler comme un visiteur. Est-ce qu'on fait la
nomenclature des charmes d'une femme très
aimée? Non, on l'aime en bloc, si j'ose dire, avec
un ou deux attendrissements précis, qui touchent
à une moue favorite ou à une façon de secouer
la tête. J'ai ainsi avec l'Algérie une longue liai-
son qui sans doute n'en finira jamais, et qui
m'empêche d'être tout à fait clairvoyant à son
égard. Simplement, à force d'application, on
peut arriver à distinguer, dans l'abstrait en
quelque sorte, le détail de ce qu'on aime dans
qui on aime. C'est cet exercice scolaire que je
puis tenter ici en ce qui concerne l'Algérie.

Et d'abord la jeunesse y est belle. Les
Arabes, naturellement, et puis les autres. Les
Français d'Algérie sont une race bâtarde, faite
de mélanges imprévus. Espagnols et Alsaciens,
Italiens, Maltais, Juifs, Grecs enfin s'y sont
rencontrés. Ces croisements brutaux ont donné,

comme en Amérique, d'heureux résultats. En
vous promenant dans Alger, regardez les poi-
gnets des femmes et des jeunes hommes et puis
pensez à ceux que vous rencontrez dans le
métro parisien.

Le voyageur encore jeune s'apercevra aussi
que les femmes y sont belles. Le meilleur endroit
pour s'en aviser est la terrasse du café des Facul-
tés, rue Michelet, à Alger, à condition de s'y
tenir un dimanche matin, au mois d'avril. Des
cohortes de jeunes femmes, chaussées de san-
dales, vêtues d'étoffes légères et de couleurs
vives, montent et descendent la rue. On peut
les admirer, sans fausse honte : elles sont venues
pour cela. A Oran, le bar Cintra, sur le boulevard Gallieni, est aussi un bon observatoire. A
Constantine, on peut toujours se promener
autour du kiosque à musique. Mais la mer étant
à des centaines de kilomètres, il manque peut-
être quelque chose aux créatures qu'on y rencontre. En général, et à cause de cette disposi-
tion géographique, Constantine offre moins
d'agréments, mais la qualité de l'ennui y est
plus fine.

Si le voyageur arrive en été, la première chose
à faire est évidemment d'aller sur les plages qui
entourent les villes. Il y verra les mêmes jeunes
personnes, plus éclatantes parce que moins

vêtues. Le soleil leur donne alors les yeux somnolents des grands animaux. A cet égard, les
plages d'Oran sont les plus belles, la nature et
les femmes étant plus sauvages.

Pour le pittoresque, Alger offre une ville
arabe, Oran un village nègre et un quartier
espagnol, Constantine un quartier juif. Alger a
un long collier de boulevards sur la mer; il faut
s'y promener la nuit. Oran a peu d'arbres, mais
les plus belles pierres du monde. Constantine a
un pont suspendu où l'on se fait photographier.
Les jours de grand vent, le pont se balance au-
dessus des profondes gorges du Rummel et on
y a le sentiment du danger.

Je recommande au voyageur sensible, s'il va
à Alger, d'aller boire de l'anisette sous les voûtes
du port, de manger le matin, à la Pêcherie, du
poisson fraîchement récolté et grillé sur des
fourneaux à charbon; d'aller écouter de la
musique arabe dans un petit café de la rue de la
Lyre dont j'ai oublié le nom; de s'asseoir par
terre, à six heures du soir, au pied de la statue
du duc d'Orléans, place du Gouvernement (ce
n'est pas pour le duc, c'est qu'il y passe du
monde et qu'on y est bien); d'aller déjeuner au
restaurant Padovani qui est une sorte de dancing sur pilotis, au bord de la mer, où la vie est
toujours facile; de visiter les cimetières arabes,

d'abord pour y rencontrer la paix et la beauté, ensuite pour apprécier à leur valeur les ignobles cités où nous remisons nos morts; d'aller fumer une cigarette rue des Bouchers, dans la Kasbah, au milieu des rates, foies, mésentères, et poumons sanglants qui dégoulinent de toutes parts (la cigarette est nécessaire, ce moyen âge ayant l'odeur forte).

Pour le reste, il faut savoir dire du mal d'Alger quand on est à Oran (insister sur la supériorité commerciale du port d'Oran), moquer Oran quand on est à Alger (accepter sans réserves l'idée que les Oranais « ne savent pas vivre »), et, en toutes occasions, reconnaître humblement la supériorité de l'Algérie sur la France métropolitaine. Ces concessions faites, on aura l'occasion de s'apercevoir de la supériorité réelle de l'Algérien sur le Français, c'est-à-dire de sa générosité sans limites et de son hospitalité naturelle.

Et c'est ici peut-être que je pourrais cesser toute ironie. Après tout, la meilleure façon de parler de ce qu'on aime est d'en parler légèrement. En ce qui concerne l'Algérie, j'ai toujours peur d'appuyer sur cette corde intérieure qui lui correspond en moi et dont je connais le chant aveugle et grave. Mais je puis bien dire au moins qu'elle est ma vraie patrie et qu'en n'importe quel lieu du monde, je reconnais ses fils et mes frères à ce rire d'amitié qui me prend devant eux. Oui, ce que j'aime dans les villes algériennes ne se sépare pas des hommes qui les peuplent. Voilà pourquoi je préfère m'y trouver à cette heure du soir où les bureaux et les maisons déversent dans les rues, encore obscures, une foule jacassante qui finit par couler jusqu'aux boulevards devant la mer et commence à s'y taire, à mesure que vient la nuit et que les lumières du ciel, les phares de la baie et les lampes de la ville se rejoignent peu à peu dans la même palpitation indistincte. Tout un peuple se recueille ainsi au bord de l'eau, mille solitudes jaillissent de la foule. Alors commencent les grandes nuits d'Afrique, l'exil royal, l'exaltation désespérée qui attend le voyageur solitaire...

Non, décidément, n'allez pas là-bas si vous vous sentez le cœur tiède, et si votre âme est une bête pauvre! Mais, pour ceux qui connaissent les déchirements du oui et du non, de midi et des minuits, de la révolte et de l'amour, pour ceux enfin qui aiment les bûchers devant la mer, il y a, là-bas, une flamme qui les attend.

(1947.)

L'EXIL D'HÉLÈNE

La Méditerranée a son tragique solaire qui n'est pas celui des brumes. Certains soirs, sur la mer, au pied des montagnes, la nuit tombe sur la courbe parfaite d'une petite baie et, des eaux silencieuses, monte alors une plénitude angoissée. On peut comprendre en ces lieux que si les Grecs ont touché au désespoir, c'est toujours à travers la beauté, et ce qu'elle a d'oppressant. Dans ce malheur doré, la tragédie culmine. Notre temps, au contraire, a nourri son désespoir dans la laideur et dans les convulsions. C'est pourquoi l'Europe serait ignoble, si la douleur pouvait jamais l'être.

Nous avons exilé la beauté, les Grecs ont pris les armes pour elle. Première différence, mais qui vient de loin. La pensée grecque s'est toujours retranchée sur l'idée de limite. Elle n'a rien poussé à bout, ni le sacré, ni la raison, parce qu'elle n'a rien nié, ni le sacré, ni la raison. Elle a fait la part de tout, équilibrant l'ombre par la lumière. Notre Europe, au contraire, lancée à la conquête de la totalité, est fille de la démesure. Elle nie la beauté, comme elle nie tout ce qu'elle n'exatle pas. Et, quoique diversement, elle n'exalte qu'une seule chose qui est l'empire futur de la raison. Elle recule dans sa folie les limites éternelles et, à l'instant, d'obscures Érinnyes s'abattent sur elle et la déchirent. Némésis veille, déesse de la mesure, non de la vengeance. Tous ceux qui dépassent la limite sont, par elle, impitoyablement châtiés.

Les Grecs qui se sont interrogés pendant des siècles sur ce qui est juste ne pourraient rien comprendre à notre idée de la justice. L'équité, pour eux, supposait une limite tandis que tout notre continent se convulse à la recherche d'une justice qu'il veut totale. A l'aurore de la pensée grecque, Héraclite imaginait déjà que la justice pose des bornes à l'univers physique lui-même. « Le soleil n'outrepassera pas ses bornes, sinon les Érinnyes qui gardent la justice sauront le découvrir *. » Nous qui avons désorbité l'univers et l'esprit rions de cette menace. Nous allumons dans un ciel ivre les soleils que nous voulons. Mais il n'empêche que les bornes existent et que

* Traduction d'Y. Battistini.

nous le savons. Dans nos plus extrêmes démences, nous rêvons d'un équilibre que nous avons laissé derrière nous et dont nous croyons ingénument que nous allons le retrouver au bout de nos erreurs. Enfantine présomption et qui justifie que des peuples enfants, héritiers de nos folies, conduisent aujourd'hui notre histoire.

Un fragment attribué au même Héraclite énonce simplement : « Présomption, régression du progrès. » Et, bien des siècles après l'Éphésien, Socrate, devant la menace d'une condamnation à mort, ne se reconnaissait nulle autre supériorité que celle-ci : ce qu'il ignorait, il ne croyait pas le savoir. La vie et la pensée les plus exemplaires de ces siècles s'achèvent sur un fier aveu d'ignorance. En oubliant cela, nous avons oublié notre virilité. Nous avons préféré la puissance qui singe la grandeur, Alexandre d'abord et puis les conquérants romains que nos auteurs de manuels, par une incomparable bassesse d'âme, nous apprennent à admirer. Nous avons conquis à notre tour, déplacé les bornes, maîtrisé le ciel et la terre. Notre raison a fait le vide. Enfin seuls, nous achevons notre empire sur un désert. Quelle imagination aurions-nous donc pour cet équilibre supérieur où la nature balançait l'histoire, la beauté, le bien, et qui apportait la musique des nombres jusque dans la tragédie

du sang? Nous tournons le dos à la nature,
nous avons honte de la beauté. Nos misérables
tragédies traînent une odeur de bureau et le
sang dont elles ruissellent a couleur d'encre
grasse.

Voilà pourquoi il est indécent de proclamer
aujourd'hui que nous sommes les fils de la
Grèce. Ou alors nous en sommes les fils renégats.
Plaçant l'histoire sur le trône de Dieu, nous
marchons vers la théocratie, comme ceux que
les Grecs appelaient Barbares et qu'ils ont
combattus jusqu'à la mort dans les eaux de
Salamine. Si l'on veut bien saisir notre différence,
il faut s'adresser à celui de nos philosophes qui
est le vrai rival de Platon. « Seule la ville
moderne, ose écrire Hegel, offre à l'esprit le
terrain où il peut prendre conscience de lui-
même. » Nous vivons ainsi le temps des grandes
villes. Délibérément, le monde a été amputé de
ce qui fait sa permanence : la nature, la mer,
la colline, la méditation des soirs. Il n'y a plus
de conscience que dans les rues, parce qu'il n'y
a d'histoire que dans les rues, tel est le décret.
Et à sa suite, nos œuvres les plus significatives
témoignent du même parti pris. On cherche
en vain les paysages dans la grande littérature européenne depuis Dostoïevski. L'histoire
n'explique ni l'univers naturel qui était avant

elle, ni la beauté qui est au-dessus d'elle. Elle
a donc choisi de les ignorer. Alors que Platon
contenait tout, le non-sens, la raison et le mythe,
nos philosophes ne contiennent rien que le non-
sens ou la raison, parce qu'ils ont fermé les
yeux sur le reste. La taupe médite.

C'est le christianisme qui a commencé de
substituer à la contemplation du monde la
tragédie de l'âme. Mais, du moins, il se référait
à une nature spirituelle et, par elle, maintenait
une certaine fixité. Dieu mort, il ne reste que
l'histoire et la puissance. Depuis longtemps tout
l'effort de nos philosophes n'a visé qu'à rem-
placer la notion de nature humaine par celle
de situation, et l'harmonie ancienne par l'élan
désordonné du hasard ou le mouvement impi-
toyable de la raison. Tandis que les Grecs
donnaient à la volonté les bornes de la raison,
nous avons mis pour finir l'élan de la volonté
au cœur de la raison, qui en est devenue meur-
trière. Les valeurs pour les Grecs étaient préexis-
tantes à toute action dont elles marquaient
précisément les limites. La philosophie moderne
place ses valeurs à la fin de l'action. Elles ne
sont pas, mais elles deviennent, et nous ne les
connaîtrons dans leur entier qu'à l'achèvement
de l'histoire. Avec elles, la limite disparaît, et
comme les conceptions diffèrent sur ce qu'elles

seront, comme il n'est pas de lutte qui, sans le frein de ces mêmes valeurs, ne s'étende indéfiniment, les messianismes aujourd'hui s'affrontent et leurs clameurs se fondent dans le choc des empires. La démesure est un incendie, selon Héraclite. L'incendie gagne, Nietzsche est dépassé. Ce n'est plus à coups de marteau que l'Europe philosophe, mais à coups de canon.

La nature est toujours là, pourtant. Elle oppose ses ciels calmes et ses raisons à la folie des hommes. Jusqu'à ce que l'atome prenne feu lui aussi et que l'histoire s'achève dans le triomphe de la raison et l'agonie de l'espèce. Mais les Grecs n'ont jamais dit que la limite ne pouvait être franchie. Ils ont dit qu'elle existait et que celui-là était frappé sans merci qui osait la dépasser. Rien dans l'histoire d'aujourd'hui ne peut les contredire.

L'esprit historique et l'artiste veulent tous deux refaire le monde. Mais l'artiste, par une obligation de sa nature, connaît ses limites que l'esprit historique méconnaît. C'est pourquoi la fin de ce dernier est la tyrannie tandis que la passion du premier est la liberté. Tous ceux qui aujourd'hui luttent pour la liberté combattent en dernier lieu pour la beauté. Bien entendu, il ne s'agit pas de défendre la beauté pour elle-même. La beauté ne peut se passer de l'homme et nous ne donnerons à notre temps sa grandeur et sa sérénité qu'en le suivant dans son malheur. Plus jamais, nous ne serons des solitaires. Mais il est non moins vrai que l'homme ne peut se passer de la beauté et c'est ce que notre époque fait mine de vouloir ignorer. Elle se raidit pour atteindre l'absolu et l'empire, elle veut transfigurer le monde avant de l'avoir épuisé, l'ordonner avant de l'avoir compris. Quoi qu'elle en dise, elle déserte ce monde. Ulysse peut choisir chez Calypso entre l'immortalité et la terre de la patrie. Il choisit la terre, et la mort avec elle. Une si simple grandeur nous est aujourd'hui étrangère. D'autres diront que nous manquons d'humilité. Mais ce mot, à tout prendre, est ambigu. Pareils à ces bouffons de Dostoïevski qui se vantent de tout, montent aux étoiles et finissent par étaler leur honte dans le premier lieu public, nous manquons seulement de la fierté de l'homme qui est fidélité à ses limites, amour clairvoyant de sa condition.

« Je hais mon époque », écrivait avant sa mort Saint-Exupéry, pour des raisons qui ne sont pas très éloignées de celles dont j'ai parlé. Mais, si bouleversant que ce soit, ce cri, venant de lui qui a aimé les hommes dans ce qu'ils ont d'admirable, nous ne le prendrons pas à notre compte. Quelle tentation, pourtant, à certaines heures, de se détourner de ce monde morne et décharné! Mais cette époque est la nôtre et nous ne pouvons vivre en nous haïssant. Elle n'est tombée si bas que par l'excès de ses vertus autant que la grandeur de ses défauts. Nous lutterons pour celle de ses vertus qui vient de loin. Quelle vertu? Les chevaux de Patrocle pleurent leur maître mort dans la bataille. Tout est perdu. Mais le combat reprend avec Achille et la victoire est au bout, parce que l'amitié vient d'être assassinée : l'amitié est une vertu.

L'ignorance reconnue, le refus du fanatisme, les bornes du monde et de l'homme, le visage aimé, la beauté enfin, voici le camp où nous rejoindrons les Grecs. D'une certaine manière, le sens de l'histoire de demain n'est pas celui qu'on croit. Il est dans la lutte entre la création et l'inquisition. Malgré le prix que coûteront aux artistes leurs mains vides, on peut espérer leur victoire. Une fois de plus, la philosophie des ténèbres se dissipera au-dessus de la mer éclatante. O pensée de midi, la guerre de Troie se livre loin des champs de bataille! Cette fois encore, les murs terribles de la cité moderne tomberont pour livrer, « âme sereine comme le calme des mers », la beauté d'Hélène.

(1948.)

L'ÉNIGME

Tombés de la cime du ciel, des flots de soleil rebondissent brutalement sur la campagne autour de nous. Tout se tait devant ce fracas et le Lubéron, là-bas, n'est qu'un énorme bloc de silence que j'écoute sans répit. Je tends l'oreille, on court vers moi dans le lointain, des amis invisibles m'appellent, ma joie grandit, la même qu'il y a des années. De nouveau, une énigme heureuse m'aide à tout comprendre.

Où est l'absurdité du monde? Est-ce ce resplendissement ou le souvenir de son absence? Avec tant de soleil dans la mémoire, comment ai-je pu parier sur le non-sens? On s'en étonne, autour de moi; je m'en étonne aussi, parfois. Je pourrais répondre, et me répondre, que le soleil justement m'y aidait et que sa lumière, à force d'épaisseur, coagule l'univers et ses formes dans un éblouissement obscur. Mais cela peut se dire autrement et je voudrais, devant cette clarté blanche et noire qui, pour moi, a toujours été

celle de la vérité, m'expliquer simplement sur
cette absurdité que je connais trop pour sup-
porter qu'on en disserte sans nuances. Parler
d'elle, au demeurant, nous mènera de nouveau
au soleil.

Nul homme ne peut dire ce qu'il est. Mais il
arrive qu'il puisse dire ce qu'il n'est pas. Celui
qui cherche encore, on veut qu'il ait conclu.
Mille voix lui annoncent déjà ce qu'il a trouvé
et pourtant, il le sait, ce n'est pas cela. Cher-
chez et laissez dire? Bien sûr. Mais il faut, de
loin en loin, se défendre. Je ne sais pas ce que
je cherche, je le nomme avec prudence, je me
dédis, je me répète, j'avance et je recule. On
m'enjoint pourtant de donner les noms, ou le
nom, une fois pour toutes. Je me cabre alors;
ce qui est nommé, n'est-il pas déjà perdu? Voilà
du moins ce que je puis essayer de dire.

Un homme, si j'en crois un de mes amis, a
toujours deux caractères, le sien, et celui que sa
femme lui prête. Remplaçons femme par société
et nous comprendrons qu'une formule, ratta-
chée par un écrivain à tout le contexte d'une
sensibilité, puisse être isolée par le commentaire
qu'on en fait et présentée à son auteur chaque

fois qu'il a le désir de parler d'autre chose. La parole est comme l'acte : « Cet enfant, lui avez-vous donné le jour? — Oui. — Il est donc votre fils. — Ce n'est pas si simple, ce n'est pas si simple! » Ainsi Nerval, par une sale nuit, s'est-il pendu deux fois, pour lui d'abord qui était dans le malheur, et puis pour sa légende, qui aide quelques-uns à vivre. Personne ne peut écrire sur le vrai malheur, ni sur certains bonheurs, et je ne l'essaierai pas ici. Mais pour la légende, on peut la décrire, et imaginer, une minute au moins, qu'on l'a dissipée.

Un écrivain écrit en grande partie pour être lu (ceux qui disent le contraire, admirons-les, mais ne les croyons pas). De plus en plus cependant, il écrit chez nous pour obtenir cette consécration dernière qui consiste à ne pas être lu. A partir du moment, en effet, où il peut fournir la matière d'un article pittoresque dans notre presse à grand tirage, il a toutes les chances d'être connu par un assez grand nombre de personnes qui ne le liront jamais parce qu'elles se suffiront de connaître son nom et de lire ce qu'on écrira sur lui. Il sera désormais connu (et oublié) non pour ce qu'il est, mais selon l'image qu'un journaliste pressé aura donnée de lui. Pour se faire un nom dans les lettres, il n'est donc plus indispensable d'écrire des livres. Il suffit de passer pour en avoir fait un dont la presse du soir aura parlé et sur lequel on dormira désormais.

Sans doute cette réputation, grande ou petite, sera usurpée. Mais qu'y faire? Admettons plutôt que cette incommodité peut aussi être bienfaisante. Les médecins savent que certaines maladies sont souhaitables : elles compensent, à leur manière, un désordre fonctionnel qui, sans elles, se traduirait dans de plus grands déséquilibres. Il y a ainsi de bienheureuses constipations et des arthritismes providentiels. Le déluge de mots et de jugements hâtifs qui noie aujourd'hui toute activité publique dans un océan de frivolité enseigne du moins à l'écrivain français une modestie dont il a un incessant besoin dans une nation qui, d'autre part, donne à son métier une importance disproportionnée. Voir son nom dans deux ou trois journaux que nous connaissons est une si dure épreuve qu'elle comporte forcément quelques bénéfices pour l'âme. Louée soit donc la société qui, à si peu de frais, nous enseigne tous les jours, par ses hommages mêmes, que les grandeurs qu'elle salue ne sont rien. Le bruit qu'elle fait, plus fort il éclate et plus vite il meurt. Il évoque ce feu d'étoupes qu'Alexandre VI faisait brûler souvent devant lui pour ne pas oublier que toute la gloire de ce monde est comme une fumée qui passe.

Mais laissons là l'ironie. Il suffira de dire, pour notre objet, qu'un artiste doit se résigner, avec bonne humeur, à laisser traîner dans les anti-chambres des dentistes et des coiffeurs une image de lui dont il se sait indigne. J'ai connu ainsi un écrivain à la mode qui passait pour prési-der chaque nuit de fumeuses bacchanales où les nymphes s'habillaient de leurs seuls cheveux et où les faunes avaient l'ongle funèbre. On aurait pu se demander sans doute où il trouvait le temps de rédiger une œuvre qui occupait plu-sieurs rayons de bibliothèque. Cet écrivain, en réalité, comme beaucoup de ses confrères, dort la nuit pour travailler chaque jour de longues heures à sa table, et boit de l'eau minérale pour épargner son foie. Il n'empêche que le Français moyen, dont on connaît la sobriété saharienne et l'ombrageuse propreté, s'indigne à l'idée qu'un de nos écrivains enseigne qu'il faut s'enivrer et ne point se laver. Les exemples ne manquent pas. Je puis personnellement fournir une excellente recette pour recevoir à peu de frais une réputa-tion d'austérité. Je porte en effet le poids de cette réputation qui fait bien rire mes amis (pour moi, j'en rougirais plutôt, tant je l'usurpe et le sais). Il suffira par exemple de décliner l'honneur de dîner avec le directeur d'un journal qu'on n'estime pas. La simple décence en effet ne s'imagine pas sans quelque tortueuse infirmité de l'âme. Personne n'ira d'ailleurs jusqu'à penser que si vous refusez le dîner de ce directeur, cela peut être parce qu'en effet vous ne l'estimez pas, mais aussi parce que vous craignez plus que tout au monde de vous ennuyer — et quoi de plus ennuyeux qu'un dîner bien parisien?

Il faut donc se résigner. Mais on peut essayer à l'occasion de rectifier le tir, répéter alors qu'on ne saurait être toujours un peintre de l'absurde et que personne ne peut croire à une littérature désespérée. Bien entendu, il est toujours possible d'écrire, ou d'avoir écrit, un essai sur la notion d'absurde. Mais enfin, on peut aussi écrire sur l'inceste sans pour autant s'être précipité sur sa malheureuse sœur et je n'ai lu nulle part que Sophocle eût jamais supprimé son père et déshonoré sa mère. L'idée que tout écrivain écrit forcément sur lui-même et se peint dans ses livres est une des puérilités que le romantisme nous a léguées. Il n'est pas du tout exclu, au contraire, qu'un artiste s'intéresse d'abord aux autres, ou à son époque, ou à des mythes familiers. Si même il lui arrive de se mettre en scène, on peut tenir pour exceptionnel qu'il parle de ce qu'il est réellement. Les œuvres d'un homme retracent souvent l'histoire de ses nostalgies ou de ses tentations, presque jamais sa propre his-

toire, surtout lorsqu'elles prétendent à être auto-
biographiques.

Aucun homme n'a jamais osé se peindre tel
qu'il est.

Dans la mesure où cela est possible, j'aurais
aimé être, au contraire, un écrivain objectif.
J'appelle objectif un auteur qui se propose des
sujets sans jamais se prendre lui-même comme
objet. Mais la rage contemporaine de confondre
l'écrivain avec son sujet ne saurait admettre
cette relative liberté de l'auteur. Ainsi devient-on
prophète d'absurde. Qu'ai-je fait d'autre cependant que de raisonner sur une idée que j'ai trou-
vée dans les rues de mon temps? Que j'aie nourri
cette idée (et qu'une part de moi la nourrisse
toujours), avec toute ma génération, cela va
sans dire. Simplement, j'ai pris devant elle la
distance nécessaire pour en traiter et décider de
sa logique. Tout ce que j'ai pu écrire ensuite le
montre assez. Mais il est commode d'exploiter
une formule plutôt qu'une nuance. On a choisi
la formule : me voilà absurde comme devant.

A quoi bon dire encore que, dans l'expérience qui m'intéressait et sur laquelle il m'est
arrivé d'écrire, l'absurde ne peut être considéré
que comme une position de départ, même si son
souvenir et son émotion accompagnent les
démarches ultérieures. De même, toutes propor-

tions soigneusement gardées, le doute cartésien, qui est méthodique, ne suffit pas à faire de Descartes un sceptique. En tout cas, comment se limiter à l'idée que rien n'a de sens et qu'il faille désespérer de tout. Sans aller au fond des choses, on peut remarquer au moins que, de même qu'il n'y a pas de matérialisme absolu puisque pour former seulement ce mot il faut déjà dire qu'il y a dans le monde quelque chose de plus que la matière, de même il n'y a pas de nihilisme total. Dès l'instant où l'on dit que tout est nonsens, on exprime quelque chose qui a du sens. Refuser toute signification au monde revient à supprimer tout jugement de valeur. Mais vivre, et par exemple se nourrir, est en soi un jugement de valeur. On choisit de durer dès l'instant qu'on ne se laisse pas mourir, et l'on reconnaît alors une valeur, au moins relative, à la vie. Que signifie enfin une littérature désespérée? Le désespoir est silencieux. Le silence même, au demeurant, garde un sens si les yeux parlent. Le vrai désespoir est agonie, tombeau ou abîme. S'il parle, s'il raisonne, s'il écrit surtout, aussitôt le frère nous tend la main, l'arbre est justifié, l'amour naît. Une littérature désespérée est une contradiction dans les termes.

Bien entendu, un certain optimisme n'est pas mon fait. J'ai grandi, avec tous les hommes de mon âge, aux tambours de la première guerre et notre histoire, depuis, n'a pas cessé d'être meurtre, injustice ou violence. Mais le vrai pessimisme, qui se rencontre, consiste à renchérir sur tant de cruauté et d'infamie. Je n'ai jamais cessé, pour ma part, de lutter contre ce déshonneur et je ne hais que les cruels. Au plus noir de notre nihilisme, j'ai cherché seulement des raisons de dépasser ce nihilisme. Et non point d'ailleurs par vertu, ni par une rare élévation de l'âme, mais par fidélité instinctive à une lumière où je suis né et où, depuis des millénaires, les hommes ont appris à saluer la vie jusque dans la souffrance. Eschyle est souvent désespérant; pourtant, il rayonne et réchauffe. Au centre de son univers, ce n'est pas le maigre non-sens que nous trouvons, mais l'énigme, c'est-à-dire un sens qu'on déchiffre mal parce qu'il éblouit. Et de même, aux fils indignes, mais obstinément fidèles, de la Grèce, qui survivent encore dans ce siècle décharné, la brûlure de notre histoire peut paraître insoutenable, mais ils la soutiennent finalement parce qu'ils veulent la comprendre. Au centre de notre œuvre, fût-elle noire, rayonne un soleil inépuisable, le même qui crie aujourd'hui à travers la plaine et les collines.

Après cela, le feu d'étoupes peut brûler; qu'importe ce que nous pouvons paraître et ce que nous usurpons? Ce que nous sommes, ce que nous avons à être suffit à remplir nos vies et occuper notre effort. Paris est une admirable caverne, et ses hommes, voyant leurs propres ombres s'agiter sur la paroi du fond, les prennent pour la seule réalité. Ainsi de l'étrange et fugitive renommée que cette ville dispense. Mais nous avons appris, loin de Paris, qu'une lumière est dans notre dos, qu'il nous faut nous retourner en rejetant nos liens pour la regarder en face, et que notre tâche avant de mourir est de chercher, à travers tous les mots, à la nommer. Chaque artiste, sans doute, est à la recherche de sa vérité. S'il est grand, chaque œuvre l'en rapproche ou, du moins, gravite encore plus près de ce centre, soleil enfoui, où tout doit venir brûler un jour. S'il est médiocre, chaque œuvre l'en éloigne et le centre est alors partout, la lumière se défait. Mais dans sa recherche obstinée, seuls peuvent aider l'artiste ceux qui l'aiment et ceux-là aussi, qui, aimant ou créant eux-mêmes, trouvent dans leur passion la mesure de toute passion, et savent alors juger.

Oui, tout ce bruit... quand la paix serait d'aimer et de créer en silence! Mais il faut savoir patienter. Encore un moment, le soleil scelle les bouches.

(1950.)

*Tu as navigué d'une âme furieuse
loin de la demeure paternelle, fran-
chissant les doubles rochers de la mer,
et tu habites une terre étrangère.*

Médée.

RETOUR A TIPASA

Depuis cinq jours que la pluie coulait sans trêve sur Alger, elle avait fini par mouiller la mer elle-même. Du haut d'un ciel qui semblait inépuisable, d'incessantes averses, visqueuses à force d'épaisseur, s'abattaient sur le golfe. Grise et molle comme une grande éponge, la mer se boursouflait dans la baie sans contours. Mais la surface des eaux semblait presque immobile sous la pluie fixe. De loin en loin seulement, un imperceptible et large mouvement soulevait au-dessus de la mer une vapeur trouble qui venait aborder au port, sous une ceinture de boulevards mouillés. La ville elle-même, tous ses murs blancs ruisselants d'humidité, exhalait une autre buée qui venait à la rencontre de la première. De quelque côté qu'on se tournât alors, il semblait qu'on respirât de l'eau, l'air enfin se buvait.

Devant la mer noyée, je marchais, j'attendais, dans cette Alger de décembre qui restait pour moi la ville des étés. J'avais fui la nuit d'Europe, l'hiver des visages. Mais la ville des étés elle-même s'était vidée de ses rires et ne m'offrait que des dos ronds et luisants. Le soir, dans les cafés violemment éclairés où je me réfugiais, je lisais mon âge sur des visages que je reconnaissais sans pouvoir les nommer. Je savais seulement que ceux-là avaient été jeunes avec moi, et qu'ils ne l'étaient plus.

Je m'obstinais pourtant, sans trop savoir ce que j'attendais, sinon, peut-être le moment de retourner à Tipasa. Certes c'est une grande folie, et presque toujours châtiée, de revenir sur les lieux de sa jeunesse et de vouloir revivre à quarante ans ce qu'on a aimé ou dont on a fortement joui à vingt. Mais j'étais averti de cette folie. Une première fois déjà, j'étais revenu à Tipasa, peu après ces années de guerre qui marquèrent pour moi la fin de la jeunesse. J'espérais, je crois, y retrouver une liberté que je ne pouvais oublier. En ce lieu, en effet, il y a plus de vingt ans, j'ai passé des matinées entières à errer parmi les ruines, à respirer les absinthes, à me chauffer contre les pierres, à découvrir les petites roses, vite effeuillées, qui survivent au printemps. A midi seulement, à l'heure où les cigales elles-mêmes se taisaient, assommées, je fuyais devant l'avide flamboiement d'une lumière qui dévorait tout. La nuit,

parfois, je dormais les yeux ouverts sous un
ciel ruisselant d'étoiles. Je vivais, alors. Quinze
ans après, je retrouvais mes ruines, à quelques
pas des premières vagues, je suivais les rues
de la cité oubliée à travers des champs couverts
d'arbres amers, et, sur les coteaux qui dominent
la baie, je caressais encore les colonnes couleur
de pain. Mais les ruines étaient maintenant
entourées de barbelés et l'on ne pouvait y
pénétrer que par les seuils autorisés. Il était
interdit aussi, pour des raisons que, paraît-il,
la morale approuve, de s'y promener la nuit;
le jour, on y rencontrait un gardien assermenté.
Par hasard sans doute, ce matin-là, il pleuvait
sur toute l'étendue des ruines.

Désorienté, marchant dans la campagne solitaire et mouillée, j'essayais au moins de retrouver cette force, jusqu'à présent fidèle, qui m'aide
à accepter ce qui est, quand une fois j'ai reconnu
que je ne pouvais le changer. Et je ne pouvais,
en effet, remonter le cours du temps, redonner
au monde le visage que j'avais aimé et qui
avait disparu en un jour, longtemps auparavant.
Le 2 septembre 1939, en effet, je n'étais pas
allé en Grèce, comme je le devais. La guerre
en revanche était venue jusqu'à nous, puis elle
avait recouvert la Grèce elle-même. Cette distance, ces années qui séparaient les ruines

chaudes des barbelés, je les retrouvais également en moi, ce jour-là, devant les sarcophages pleins d'eau noire, ou sous les tamaris détrempés. Élevé d'abord dans le spectacle de la beauté qui était ma seule richesse, j'avais commencé par la plénitude. Ensuite étaient venus les barbelés, je veux dire les tyrannies, la guerre, les polices, le temps de la révolte. Il avait fallu se mettre en règle avec la nuit : la beauté du jour n'était qu'un souvenir. Et dans cette Tipasa boueuse, le souvenir lui-même s'estompait. Il s'agissait bien de beauté, de plénitude ou de jeunesse! Sous la lumière des incendies, le monde avait soudain montré ses rides et ses plaies, anciennes et nouvelles. Il avait vieilli d'un seul coup, et nous avec lui. Cet élan que j'étais venu chercher ici, je savais bien qu'il ne soulève que celui qui ne sait pas qu'il va s'élancer. Point d'amour sans un peu d'innocence. Où était l'innocence? Les empires s'écroulaient, les nations et les hommes se mordaient à la gorge; nous avions la bouche souillée. D'abord innocents sans le savoir, nous étions maintenant coupables sans le vouloir : le mystère grandissait avec notre science. C'est pourquoi nous nous occupions, ô dérision, de morale. Infirme, je rêvais de vertu! Au temps de l'innocence, j'ignorais que la morale existât. Je le savais maintenant, et je n'étais pas capable

de vivre à sa hauteur. Sur le promontoire que
j'aimais autrefois, entre les colonnes mouillées
du temple détruit, il me semblait marcher
derrière quelqu'un dont j'entendais encore les
pas sur les dalles et les mosaïques, mais que
plus jamais je n'atteindrai. Je regagnai Paris,
et je restai quelques années avant de revenir
chez moi.

Quelque chose pourtant, pendant toutes ces
années, me manquait obscurément. Quand une
fois on a eu la chance d'aimer fortement, la vie
se passe à chercher de nouveau cette ardeur et
cette lumière. Le renoncement à la beauté et au
bonheur sensuel qui lui est attaché, le service
exclusif du malheur, demande une grandeur
qui me manque. Mais, après tout, rien n'est vrai
qui force à exclure. La beauté isolée finit par
grimacer, la justice solitaire finit par opprimer.
Qui veut servir l'une à l'exclusion de l'autre
ne sert personne ni lui-même, et, finalement,
sert deux fois l'injustice. Un jour vient où, à
force de raideur, plus rien n'émerveille, tout est
connu, la vie se passe à recommencer. C'est le
temps de l'exil, de la vie sèche, des âmes mortes.
Pour revivre, il faut une grâce, l'oubli de soi ou
une patrie. Certains matins, au détour d'une
rue, une délicieuse rosée tombe sur le cœur puis
s'évapore. Mais la fraîcheur demeure encore et

c'est elle, toujours, que le cœur exige. Il me fallut partir à nouveau.

Et, à Alger, une seconde fois, marchant encore sous la même averse qui me semblait n'avoir pas cessé depuis un départ que j'avais cru définitif, au milieu de cette immense mélancolie qui sentait la pluie et la mer, malgré ce ciel de brumes, ces dos fuyants sous l'ondée, ces cafés dont la lumière sulfureuse décomposait les visages, je m'obstinais à espérer. Ne savais-je pas d'ailleurs que les pluies d'Alger, avec cet air qu'elles ont de ne jamais devoir finir, s'arrêtent pourtant en un instant, comme ces rivières de mon pays qui se gonflent en deux heures, dévastent des hectares de terre et tarissent d'un seul coup? Un soir, en effet, la pluie s'arrêta. J'attendis encore une nuit. Une matinée liquide se leva, éblouissante, sur la mer pure. Du ciel, frais comme un œil, lavé et relavé par les eaux, réduit par ces lessives successives à sa trame la plus fine et la plus claire, descendait une lumière vibrante qui donnait à chaque maison, à chaque arbre, un dessin sensible, une nouveauté émerveillée. La terre, au matin du monde, a dû surgir dans une lumière semblable. Je pris à nouveau la route de Tipasa.

Il n'est pas pour moi un seul de ces soixante-neuf kilomètres de route qui ne soit recouvert de souvenirs et de sensations. L'enfance violente, les rêveries adolescentes dans le ronronnement du car, les matins, les filles fraîches, les plages, les jeunes muscles toujours à la pointe de leur effort, la légère angoisse du soir dans un cœur de seize ans, le désir de vivre, la gloire, et toujours le même ciel au long des années, intarissable de force et de lumière, insatiable lui-même, dévorant une à une, des mois durant, les victimes offertes en croix sur la plage, à l'heure funèbre de midi. Toujours la même mer aussi, presque impalpable dans le matin, que je retrouvai au bout de l'horizon dès que la route, quittant le Sahel et ses collines aux vignes couleur de bronze, s'abaissa vers la côte. Mais je ne m'arrêtai pas à la regarder. Je désirais revoir le Chenoua, cette lourde et solide montagne, découpée dans un seul bloc, qui longe la baie de Tipasa à l'ouest, avant de descendre elle-même dans la mer. On l'aperçoit de loin, bien avant d'arriver, vapeur bleue et légère qui se confond encore avec le ciel. Mais elle se condense peu à peu, à mesure qu'on avance vers elle, jusqu'à prendre la couleur des eaux qui l'entourent, grande vague immobile dont le prodigieux élan aurait été brutalement figé au-dessus de la mer calmée d'un seul coup. Plus près encore, presque aux portes de Tipasa, voici

sa masse sourcilleuse, brune et verte, voici le
vieux dieu moussu que rien n'ébranlera, refuge
et port pour ses fils, dont je suis.

C'est en le regardant que je franchis enfin les
barbelés pour me retrouver parmi les ruines. Et
sous la lumière glorieuse de décembre, comme
il arrive une ou deux fois seulement dans des
vies qui, après cela, peuvent s'estimer comblées,
je retrouvai exactement ce que j'étais venu chercher et qui, malgré le temps et le monde, m'était
offert, à moi seul vraiment, dans cette nature
déserte. Du forum jonché d'olives, on découvrait le village en contrebas. Aucun bruit n'en
venait : des fumées légères montaient dans l'air
limpide. La mer aussi se taisait, comme suffo-
quée sous la douche ininterrompue d'une lumière
étincelante et froide. Venu du Chenoua, un lointain chant de coq célébrait seul la gloire fragile du jour. Du côté des ruines, aussi loin que
la vue pouvait porter, on ne voyait que des
pierres grêlées et des absinthes, des arbres et des
colonnes parfaites dans la transparence de l'air
cristallin. Il semblait que la matinée se fût fixée,
le soleil arrêté pour un instant incalculable. Dans
cette lumière et ce silence, des années de fureur
et de nuit fondaient lentement. J'écoutais en
moi un bruit presque oublié, comme si mon
cœur, arrêté depuis longtemps, se remettait

doucement à battre. Et maintenant éveillé, je reconnaissais un à un les bruits imperceptibles dont était fait le silence : la basse continue des oiseaux, les soupirs légers et brefs de la mer au pied des rochers, la vibration des arbres, le chant aveugle des colonnes, les froissements des absinthes, les lézards furtifs. J'entendais cela, j'écoutais aussi les flots heureux qui montaient en moi. Il me semblait que j'étais enfin revenu au port, pour un instant au moins, et que cet instant désormais n'en finirait plus. Mais peu après le soleil monta visiblement d'un degré dans le ciel. Un merle préluda brièvement et aussitôt, de toutes parts, des chants d'oiseaux explosèrent avec une force, une jubilation, une joyeuse discordance, un ravissement infini. La journée se remit en marche. Elle devait me porter jusqu'au soir.

A midi sur les pentes à demi sableuses et couvertes d'héliotropes comme d'une écume qu'auraient laissée en se retirant les vagues furieuses des derniers jours, je regardais la mer qui, à cette heure, se soulevait à peine d'un mouvement épuisé et je rassasiais les deux soifs qu'on ne peut tromper longtemps sans que l'être se dessèche, je veux dire aimer et admirer. Car il y a seulement de la malchance à n'être pas aimé : il y a du malheur à ne point aimer. Nous

tous, aujourd'hui, mourons de ce malheur. C'est
que le sang, les haines décharnent le cœur lui-
même; la longue revendication de la justice
épuise l'amour qui pourtant lui a donné naissance. Dans la clameur où nous vivons, l'amour
est impossible et la justice ne suffit pas. C'est
pourquoi l'Europe hait le jour et ne sait qu'opposer l'injustice à elle-même. Mais pour empêcher que la justice se racornisse, beau fruit
orange qui ne contient qu'une pulpe amère et
sèche, je redécouvrais à Tipasa qu'il fallait garder intactes en soi une fraîcheur, une source de
joie, aimer le jour qui échappe à l'injustice, et
retourner au combat avec cette lumière conquise.
Je retrouvais ici l'ancienne beauté, un ciel jeune,
et je mesurais ma chance, comprenant enfin que
dans les pires années de notre folie le souvenir de
ce ciel ne m'avait jamais quitté. C'était lui qui
pour finir m'avait empêché de désespérer. J'avais
toujours su que les ruines de Tipasa étaient plus
jeunes que nos chantiers ou nos décombres. Le
monde y recommençait tous les jours dans une
lumière toujours neuve. O lumière! c'est le cri
de tous les personnages placés, dans le drame
antique, devant leur destin. Ce recours dernier
était aussi le nôtre et je le savais maintenant.
Au milieu de l'hiver, j'apprenais enfin qu'il y
avait en moi un été invincible.

J'ai quitté de nouveau Tipasa, j'ai retrouvé l'Europe et ses luttes. Mais le souvenir de cette journée me soutient encore et m'aide à accueillir du même cœur ce qui transporte et ce qui accable. A l'heure difficile où nous sommes, que puis-je désirer d'autre que de ne rien exclure et d'apprendre à tresser de fil blanc et de fil noir une même corde tendue à se rompre? Dans tout ce que j'ai fait ou dit jusqu'à présent, il me semble bien reconnaître ces deux forces, même lorsqu'elles se contrarient. Je n'ai pu renier la lumière où je suis né et cependant je n'ai pas voulu refuser les servitudes de ce temps. Il serait trop facile d'opposer ici au doux nom de Tipasa d'autres noms plus sonores et plus cruels : il y a pour les hommes d'aujourd'hui un chemin intérieur que je connais bien pour l'avoir parcouru dans les deux sens et qui va des collines de l'esprit aux capitales du crime. Et sans doute on peut toujours se reposer, s'endormir sur la colline, ou prendre pension dans le crime. Mais si l'on renonce à une part de ce qui est, il faut renoncer soi-même à être; il faut donc renoncer à vivre ou à aimer autrement que par procuration. Il y a ainsi une volonté de vivre sans rien refuser de la vie qui est la vertu que j'honore le plus en ce monde. De loin en loin, au moins, il est vrai que je voudrais l'avoir exercée. Puisque peu d'époques demandent autant que la nôtre qu'on se fasse égal au meilleur comme au pire, j'aimerais, justement, ne rien éluder et garder exacte une double mémoire. Oui, il y a la beauté et il y a les humiliés. Quelles que soient les difficultés de l'entreprise, je voudrais n'être jamais infidèle, ni à l'une ni aux autres.

Mais ceci ressemble encore à une morale et nous vivons pour quelque chose qui va plus loin que la morale. Si nous pouvions le nommer, quel silence. Sur la colline de Sainte-Salsa, à l'est de Tipasa, le soir est habité. Il fait encore clair, à vrai dire, mais, dans la lumière, une défaillance invisible annonce la fin du jour. Un vent se lève, léger comme la nuit, et soudain la mer sans vagues prend une direction et coule comme un grand fleuve infécond d'un bout à l'autre de l'horizon. Le ciel se fonce. Alors commence le mystère, les dieux de la nuit, l'au-delà du plaisir. Mais comment traduire ceci? La petite pièce de monnaie que j'emporte d'ici a une face visible, beau visage de femme qui me répète tout ce que j'ai appris dans cette journée, et une face rongée que je sens sous mes doigts pendant le retour. Que peut dire cette bouche sans lèvres, sinon ce que me dit une autre voix mystérieuse, en moi, qui m'apprend tous les jours mon ignorance et mon bonheur :

« Le secret que je cherche est enfoui dans une vallée d'oliviers, sous l'herbe et les violettes froides, autour d'une vieille maison qui sent le sarment. Pendant plus de vingt ans, j'ai parcouru cette vallée, et celles qui lui ressemblent, j'ai interrogé des chevriers muets, j'ai frappé à la porte de ruines inhabitées. Parfois, à l'heure de la première étoile dans le ciel encore clair, sous une pluie de lumière fine, j'ai cru savoir. Je savais en vérité. Je sais toujours, peut-être. Mais personne ne veut de ce secret, je n'en veux pas moi-même sans doute, et je ne peux me séparer des miens. Je vis dans ma famille qui croit régner sur des villes riches et hideuses, bâties de pierres et de brumes. Jour et nuit, elle parle haut, et tout plie devant elle qui ne plie devant rien : elle est sourde à tous les secrets. Sa puissance qui me porte m'ennuie pourtant et il arrive que ses cris me lassent. Mais son malheur est le mien, nous sommes du même sang. Infirme aussi, complice et bruyant, n'ai-je pas crié parmi les pierres? Aussi je m'efforce d'oublier, je marche dans nos villes de fer et de feu, je souris bravement à la nuit, je hèle les orages, je serai fidèle. J'ai oublié, en vérité :

actif et sourd, désormais. Mais peut-être un jour, quand nous serons prêts à mourir d'épuisement et d'ignorance, pourrai-je renoncer à nos tombeaux criards, pour aller m'étendre dans la vallée, sous la même lumière, et apprendre une dernière fois ce que je sais. »

(1952.)

LA MER AU PLUS PRÈS
Journal de bord

J'ai grandi dans la mer et la pauvreté m'a été fastueuse, puis j'ai perdu la mer, tous les luxes alors m'ont paru gris, la misère intolérable. Depuis, j'attends. J'attends les navires du retour, la maison des eaux, le jour limpide. Je patiente, je suis poli de toutes mes forces. On me voit passer dans de belles rues savantes, j'admire les paysages, j'applaudis comme tout le monde, je donne la main, ce n'est pas moi qui parle. On me loue, je rêve un peu, on m'offense, je m'étonne à peine. Puis j'oublie et souris à qui m'outrage, ou je salue trop courtoisement celui que j'aime. Que faire si je n'ai de mémoire que pour une seule image? On me somme enfin de dire qui je suis. « Rien encore, rien encore... »

C'est aux enterrements que je me surpasse. J'excelle vraiment. Je marche d'un pas lent dans des banlieues fleuries de ferrailles, j'emprunte de larges allées, plantées d'arbres de ciment, et qui

conduisent à des trous de terre froide. Là, sous le
pansement à peine rougi du ciel, je regarde de
hardis compagnons inhumer mes amis par trois
mètres de fond. La fleur qu'une main glaiseuse
me tend alors, si je la jette, elle ne manque jamais
la fosse. J'ai la piété précise, l'émotion exacte, la
nuque convenablement inclinée. On admire que
mes paroles soient justes. Mais je n'ai pas de
mérite : j'attends.

J'attends longtemps. Parfois, je trébuche, je
perds la main, la réussite me fuit. Qu'importe, je
suis seul alors. Je me réveille ainsi, dans la nuit, et,
à demi endormi, je crois entendre un bruit de
vagues, la respiration des eaux. Réveillé tout à
fait, je reconnais le vent dans les feuillages et la
rumeur malheureuse de la ville déserte. Ensuite,
je n'ai pas trop de tout mon art pour cacher ma
détresse ou l'habiller à la mode.

D'autres fois, au contraire, je suis aidé. A
New York, certains jours, perdu au fond de ces
puits de pierre et d'acier où errent des millions
d'hommes, je courais de l'un à l'autre, sans en
voir la fin, épuisé, jusqu'à ce que je ne fusse plus
soutenu que par la masse humaine qui cherchait
son issue. J'étouffais alors, ma panique allait
crier. Mais, chaque fois, un appel lointain de
remorqueur venait me rappeler que cette ville,
citerne sèche, était une île, et qu'à la pointe de la

*Battery l'eau de mon baptême m'attendait, noire
et pourrie, couverte de lièges creux.*

*Ainsi, moi qui ne possède rien, qui ai donné
ma fortune, qui campe auprès de toutes mes maisons, je suis pourtant comblé quand je le veux,
j'appareille à toute heure, le désespoir m'ignore.
Point de patrie pour le désespéré et moi, je sais
que la mer me précède et me suit, j'ai une folie
toute prête. Ceux qui s'aiment et qui sont séparés
peuvent vivre dans la douleur, mais ce n'est pas le
désespoir : ils savent que l'amour existe. Voilà
pourquoi je souffre, les yeux secs, de l'exil. J'attends encore. Un jour vient, enfin...*

Les pieds nus des marins battent doucement le
pont. Nous partons au jour qui se lève. Dès que
nous sommes sortis du port, un vent court et dru
brosse vigoureusement la mer qui se révulse en
petites vagues sans écume. Un peu plus tard, le
vent fraîchit et sème l'eau de camélias, aussitôt
disparus. Ainsi, toute la matinée, nos voiles
claquent au-dessus d'un joyeux vivier. Les eaux
sont lourdes, écailleuses, couvertes de baves
fraîches. De temps en temps, les vagues jappent
contre l'étrave; une écume amère et onctueuse,
salive des dieux, coule le long du bois jusque

dans l'eau où elle s'éparpille en dessins mou-
rants et renaissants, pelage de quelque vache
bleue et blanche, bête fourbue, qui dérive encore
longtemps derrière notre sillage.

Depuis le départ, des mouettes suivent notre
navire, sans effort apparent, sans presque battre
de l'aile. Leur belle navigation rectiligne s'appuie à peine sur la brise. Tout d'un coup, un
plouf brutal au niveau des cuisines jette une
alarme gourmande parmi les oiseaux, saccage
leur beau vol et enflamme un brasier d'ailes
blanches. Les mouettes tournoient follement en
tous sens puis, sans rien perdre de leur vitesse,
quittent l'une après l'autre la mêlée pour piquer
vers la mer. Quelques secondes après, les voilà
de nouveau réunies sur l'eau, basse-cour dispu-
teuse que nous laissons derrière nous, nichée au
creux de la houle qui effeuille lentement la
manne des détritus.

A midi, sous un soleil assourdissant, la mer
se soulève à peine, exténuée. Quand elle retombe
sur elle-même, elle fait siffler le silence. Une

heure de cuisson et l'eau pâle, grande plaque de
tôle portée au blanc, grésille. Elle grésille, elle
fume, brûle enfin. Dans un moment, elle va se
retourner pour offrir au soleil sa face humide,
maintenant dans les vagues et les ténèbres.

Nous passons les portes d'Hercule, la pointe
où mourut Antée. Au-delà, l'Océan est partout,
nous doublons d'un seul bord Horn et Bonne-
Espérance, les méridiens épousent les latitudes,
le Pacifique boit l'Atlantique. Aussitôt, le cap
sur Vancouver, nous fonçons lentement vers les
mers du Sud. A quelques encâblures, Pâques, la
Désolation et les Hébrides défilent en convoi
devant nous. Un matin, brusquement, les
mouettes disparaissent. Nous sommes loin de
toute terre, et seuls, avec nos voiles et nos
machines.

Seuls aussi avec l'horizon. Les vagues viennent
de l'Est invisible, une à une, patiemment; elles
arrivent jusqu'à nous et, patiemment, repartent
vers l'Ouest inconnu, une à une. Long chemine-
ment, jamais commencé, jamais achevé... La

rivière et le fleuve passent, la mer passe et demeure. C'est ainsi qu'il faudrait aimer, fidèle et fugitif. J'épouse la mer.

Pleines eaux. Le soleil descend, est absorbé par la brume bien avant l'horizon. Un court instant, la mer est rose d'un côté, bleue de l'autre. Puis les eaux se foncent. La goélette glisse, minuscule, à la surface d'un cercle parfait, au métal épais et terni. Et à l'heure du plus grand apaisement, dans le soir qui approche, des centaines de marsouins surgissent des eaux, caracolent un moment autour de nous, puis fuient vers l'horizon sans hommes. Eux partis, c'est le silence et l'angoisse des eaux primitives.

Un peu plus tard encore, rencontre d'un iceberg sur le Tropique. Invisible sans doute après son long voyage dans ces eaux chaudes, mais efficace : il longe le navire à tribord où les cordages se couvrent brièvement d'une rosée de givre tandis qu'à bâbord meurt une journée sèche.

La nuit ne tombe pas sur la mer. Du fond des

eaux, qu'un soleil déjà noyé noircit peu à peu de ses cendres épaisses, elle monte au contraire vers le ciel encore pâle. Un court instant, Vénus reste solitaire au-dessus des flots noirs. Le temps de fermer les yeux, de les ouvrir, les étoiles pullulent dans la nuit liquide.

La lune s'est levée. Elle illumine d'abord faiblement la surface des eaux, elle monte encore, elle écrit sur l'eau souple. Au zénith enfin, elle éclaire tout un couloir de mer, riche fleuve de lait qui, avec le mouvement du navire, descend vers nous, inépuisablement, dans l'Océan obscur. Voici la nuit tiède, la nuit fraîche que j'appelais dans les lumières bruyantes, l'alcool, le tumulte du désir.

Nous naviguons sur des espaces si vastes qu'il nous semble que nous n'en viendrons jamais à bout. Soleil et lune montent et descendent alternativement, au même fil de lumière et de nuit. Journées en mer, toutes semblables comme le bonheur...

Cette vie rebelle à l'oubli, rebelle au souvenir, dont parle Stevenson.

L'aube. Nous coupons le Cancer à la perpen-
diculaire, les eaux gémissent et se convulsent.
Le jour se lève sur une mer houleuse, pleine de
paillettes d'acier. Le ciel est blanc de brume et
de chaleur, d'un éclat mort, mais insoutenable,
comme si le soleil s'était liquéfié dans l'épaisseur
des nuages, sur toute l'étendue de la calotte
céleste. Ciel malade sur une mer décomposée. A
mesure que l'heure avance, la chaleur croît
dans l'air livide. Tout le long du jour, l'étrave
débusque des nuées de poissons volants, petits
oiseaux de fer, hors de leurs buissons de vagues.

Dans l'après-midi, nous croisons un paquebot
qui remonte vers les villes. Le salut que nos
sirènes échangent avec trois grands cris d'animaux préhistoriques, les signaux des passagers
perdus sur la mer et alertés par la présence
d'autres hommes, la distance qui grandit peu
à peu entre les deux navires, la séparation enfin
sur les eaux malveillantes, tout cela, et le
cœur se serre. Ces déments obstinés, accrochés
à des planches, jetés sur la crinière des océans
immenses à la poursuite d'îles en dérive, qui,
chérissant la solitude et la mer, s'empêchera
jamais de les aimer?

Au juste milieu de l'Atlantique, nous plions
sous les vents sauvages qui soufflent interminablement d'un pôle à l'autre. Chaque cri que
nous poussons se perd, s'envole dans des espaces
sans limites. Mais ce cri, porté jour après jour
par les vents, abordera enfin à l'un des bouts
aplatis de la terre et retentira longuement contre
les parois glacées, jusqu'à ce qu'un homme,
quelque part, perdu dans sa coquille de neige,
l'entende et, content, veuille sourire.

Je dormais à demi sous le soleil de deux heures
quand un bruit terrible me réveilla. Je vis le
soleil au fond de la mer, les vagues régnaient
dans le ciel houleux. Soudain, la mer brûlait,
le soleil coulait à longs traits glacés dans ma
gorge. Autour de moi, les marins riaient et
pleuraient. Ils s'aimaient les uns les autres mais
ne pouvaient se pardonner. Ce jour-là, je
reconnus le monde pour ce qu'il était, je décidai
d'accepter que son bien fût en même temps
malfaisant et salutaires ses forfaits. Ce jour-là,

je compris qu'il y avait deux vérités dont l'une
ne devait jamais être dite.

La curieuse lune australe, un peu rognée,
nous accompagne plusieurs nuits, puis glisse
rapidement du ciel jusque dans l'eau qui l'avale.
Il reste la Croix du Sud, les étoiles rares, l'air
poreux. Au même moment, le vent tombe tout
à fait. Le ciel roule et tangue au-dessus de nos
mâts immobiles. Moteur coupé, voilure en panne,
nous sifflons dans la nuit chaude pendant que
l'eau cogne amicalement nos flancs. Aucun ordre,
les machines se taisent. Pourquoi poursuivre en
effet et pourquoi revenir? Nous sommes comblés,
une muette folie, invinciblement, nous endort.
Un jour vient ainsi qui accomplit tout; il faut
se laisser couler alors, comme ceux qui nagèrent
jusqu'à l'épuisement. Accomplir quoi? Depuis
toujours, je le tais à moi-même. O lit amer,
couche princière, la couronne est au fond des
eaux!

Au matin, notre hélice fait doucement mousser
l'eau tiède. Nous reprenons de la vitesse. Vers

midi, venus de lointains continents, un troupeau
de cerfs nous croisent, nous dépassent et nagent
régulièrement vers le nord, suivis d'oiseaux multicolores, qui, de temps en temps, prennent
repos dans leurs bois. Cette forêt bruissante
disparaît peu à peu à l'horizon. Un peu plus
tard, la mer se couvre d'étranges fleurs jaunes.
Vers le soir, un chant invisible nous précède
pendant de longues heures. Je m'endors, familier.

Toutes les voiles offertes à une brise nette,
nous filons sur une mer claire et musclée. A la
cime de la vitesse, la barre à bâbord. Et vers
la fin du jour, redressant encore notre course,
la gîte à tribord au point que notre voilure
effleure l'eau, nous longeons à grande allure un
continent austral que je reconnais pour l'avoir
autrefois survolé, en aveugle, dans le cercueil
barbare d'un avion. Roi fainéant, mon chariot
se traînait alors; j'attendais la mer sans jamais
l'atteindre. Le monstre hurlait, décollait des
guanos du Pérou, se ruait au-dessus des plages
du Pacifique, survolait les blanches vertèbres
fracassées des Andes puis l'immense plaine de
l'Argentine, couverte de troupeaux de mouches,
unissait d'un trait d'aile les prés uruguayens,

inondés de lait, aux fleuves noirs du Venezuela, atterrissait, hurlait encore, tremblait de convoitise devant de nouveaux espaces vides à dévorer et avec tout cela ne cessait jamais de ne pas avancer ou du moins de ne le faire qu'avec une lenteur convulsée, obstinée, une énergie hagarde et fixe, intoxiquée. Je mourais alors dans ma cellule métallique, je rêvais de carnages, d'orgies. Sans espace, point d'innocence ni de liberté! La prison pour qui ne peut respirer est mort ou folie; qu'y faire sinon tuer et posséder? Aujourd'hui, au contraire, je suis gorgé de souffles, toutes nos ailes claquent dans l'air bleu, je vais crier de vitesse, nous jetons à l'eau nos sextants et nos boussoles.

Sous le vent impérieux, nos voiles sont de fer. La côte dérive à toute allure devant nos yeux, forêts de cocotiers royaux dont les pieds trempent dans des lagunes émeraude, baie tranquille, pleine de voiles rouges, sables de lunes. De grands buildings surgissent, déjà lézardés, sous la poussée de la forêt vierge qui commence dans la cour de service; çà et là un ipé jaune ou un arbre aux branches violettes crèvent une fenêtre, Rio s'écroule enfin derrière nous et la

végétation va recouvrir ses ruines neuves où les
singes de la Tijuca éclateront de rire. Encore
plus vite, le long des grandes plages où les
vagues fusent en gerbes de sable, encore plus
vite, les moutons de l'Uruguay entrent dans la
mer et la jaunissent d'un coup. Puis, sur la
côte argentine, de grands bûchers grossiers, à
intervalles réguliers, élèvent vers le ciel des
demi-bœufs qui grillent lentement. Dans la nuit,
les glaces de la Terre de Feu viennent battre
notre coque pendant des heures, le navire
ralentit à peine et vire de bord. Au matin,
l'unique vague du Pacifique, dont la froide
lessive, verte et blanche, bouillonne sur les
milliers de kilomètres de la côte chilienne nous
soulève lentement et menace de nous échouer.
La barre l'évite, double les Kerguelen. Dans le
soir doucereux les premières barques malaises
avancent vers nous.

« A la mer! A la mer! » criaient les garçons
merveilleux d'un livre de mon enfance. J'ai
tout oublié de ce livre, sauf ce cri. « A la mer! »
et par l'océan Indien jusqu'au boulevard de la
mer Rouge d'où l'on entend éclater une à une,
dans les nuits silencieuses, les pierres du désert
qui gèlent après avoir brûlé, nous revenons à la
mer ancienne où se taisent les cris.

Un matin enfin, nous relâchons dans une
baie pleine d'un étrange silence, balisée de voiles
fixes. Seuls, quelques oiseaux de mer se disputent
dans le ciel des morceaux de roseaux. A la
nage, nous regagnons une plage déserte; toute
la journée, nous entrons dans l'eau puis nous
séchons sur le sable. Le soir venu, sous le ciel
qui verdit et recule, la mer, si calme pourtant,
s'apaise encore. De courtes vagues soufflent une
buée d'écume sur la grève tiède. Les oiseaux de
mer ont disparu. Il ne reste qu'un espace, offert
au voyage immobile.

Certaines nuits dont la douceur se prolonge,
oui, cela aide à mourir de savoir qu'elles revien-
dront après nous sur la terre et la mer. Grande
mer, toujours labourée, toujours vierge, ma religion avec la nuit! Elle nous lave et nous rassasie
dans ses sillons stériles, elle nous libère et nous
tient debout. A chaque vague, une promesse,
toujours la même. Que dit la vague? Si je
devais mourir, entouré de montagnes froides,
ignoré du monde, renié par les miens, à bout
de forces enfin, la mer, au dernier moment,

emplirait ma cellule, viendrait me soutenir au-
dessus de moi-même et m'aider à mourir sans
haine.

A minuit, seul sur le rivage. Attendre encore,
et je partirai. Le ciel lui-même est en panne,
avec toutes ses étoiles, comme ces paquebots
couverts de feux qui, à cette heure même, dans
le monde entier, illuminent les eaux sombres
des ports. L'espace et le silence pèsent d'un
seul poids sur le cœur. Un brusque amour, une
grande œuvre, un acte décisif, une pensée qui
transfigure, à certains moments donnent la
même intolérable anxiété, doublée d'un attrait
irrésistible. Délicieuse angoisse d'être, proximité
exquise d'un danger dont nous ne connaissons
pas le nom, vivre, alors, est-ce courir à sa
perte? A nouveau, sans répit, courons à notre
perte.

J'ai toujours eu l'impression de vivre en
haute mer, menacé, au cœur d'un bonheur
royal.

(1953.)

DU MÊME AUTEUR

Aux Éditions Gallimard

L'ÉTRANGER, *roman.*

LE MYTHE DE SISYPHE, *essai.*

LE MALENTENDU suivi de CALIGULA, *théâtre.*

LETTRES À UN AMI ALLEMAND.

LA PESTE, *récit.*

L'ÉTAT DE SCIÈGE, *théâtre.*

NOCES, *essai.*

LES JUSTES, *théâtre.*

ACTUELLES :

    I. CHRONIQUES 1944-1948.

    II. CHRONIQUES 1948-1953.

    III. CHRONIQUE ALGÉRIENNE 1939-1958.

L'HOMME RÉVOLTÉ, *essai.*

LA DÉVOTION À LA CROIX, adapté de Pedro Calderón de la Barca, *théâtre.*

LES ESPRITS, adapté de Pierre de Lavirey, *théâtre.*

L'ÉTÉ, *essai.*

LA CHUTE, *récit.*

REQUIEM POUR UNE NONNE, adapté de William Faulkner, *théâtre.*

L'EXIL ET LE ROYAUME, *nouvelles.*

LE CHEVALIER D'OLMEDO, adapté de Lope de Vega, *théâtre.*

L'ENVERS ET L'ENDROIT, *essai.*

DISCOURS DE SUÈDE.

RÉCITS ET THÉÂTRE.

LES POSSÉDÉS, adapté de Dostoïevski, *théâtre.*

CARNETS :

   I. Mai 1935-février 1942.

   II. Janvier 1942-mars 1951.

THÉÂTRE, RÉCITS ET NOUVELLES.

ESSAIS.

LA MORT HEUREUSE, *roman.*

FRAGMENTS D'UN COMBAT, *articles.*

JOURNAUX DE VOYAGE.

CORRESPONDANCE AVEC JEAN GRENIER.

*Cet ouvrage a été composé
et achevé d'imprimer par l'Imprimerie Floch
à Mayenne le 23 avril 1987.
Dépôt légal : avril 1987.
1ᵉʳ dépôt légal dans la même collection : janvier 1972.
Numéro d'imprimeur : 25438.*

ISBN 2-07-036016-4 / Imprimé en France.